KB105177

MLB
메이저리그

MLB-메이저리그 5

말리브해적 장편소설

초판 1쇄 찍은 날 § 2015년 12월 15일
초판 1쇄 펴낸 날 § 2015년 12월 22일

지은이 § 말리브해적
펴낸이 § 서경석

편집책임 § 한준만
디자인 § 신현아

펴낸곳 § 도서출판 청어람
등록번호 § 제387-1999-000006호
등록일자 § 1999. 5. 31
어람번호 § 제1-2314호

주소 § 경기도 부천시 원미구 부일로 483번길 40 서경B/D 3F (우) 14640
전화 § 032-656-4452 팩스 § 032-656-4453
http://www.chungeoram.com
E-mail § chungeorambook@daum.net

ISBN 979-11-04-90558-2 04810
ISBN 979-11-04-90474-5 (세트)

FUSION FANTASTIC STORY

말리브해적 장편소설

5

MLB

메이저리그

도서출판
청어
람

Contents

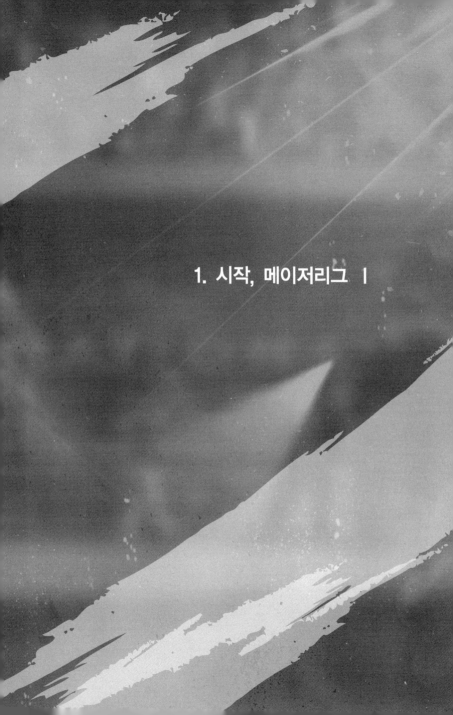

1. 시작, 메이저리그 Ⅰ

드디어 시즌이 시작되었다. 삼열은 그의 순서를 기다리며 더그아웃에서 차분하게 상대편 타자들의 특성을 적었다. 물론 그는 천재라 적지 않아도 모두 다 기억할 수 있지만 기록하는 것이 더 확실하다고 보았다.

　마리아가 선물한 만년필과 노트를 사용하다 보니 잠시 그녀의 눈부신 미소와 아름다운 얼굴, 그리고 조각보다 더 아름다운 몸매가 생각났다.

　'아, 내가 무슨 생각을 하는 거지?'

　삼열은 일부로 수화의 얼굴이 떠올렸다. 헤어진 지 얼마나 되었다고 이러나 싶었다. 마음 한편으로 죄책감이 들었다.

가지지 못한 사랑, 원하지 않았는데 헤어진 사랑은 더 간절해지는 법이다. 그리고 상대를 찼을 때보다 차였을 때 더 미련이 남는다. 그렇기에 그는 수화를 한평생 잊지 못할 것 같았다. 그랬는데 어느 순간 마리아가 마음 한편에 다가왔다.

삼열은 고개를 좌우로 흔들고 다시 경기에 집중하였다. 다른 선수들이 뭐라고 떠들든 상관하지 않고 집중하고 또 집중하였다.

"파워 업!"

"아이고, 깜짝이야. 헤이, 삼열. 하기 전에 신호 좀 줘. 간 떨어질 뻔했잖아."

삼열이 갑자기 파워 업을 외치자 옆에 앉아 있던 스트롱 케인이 소리를 벌컥 질렀다. 그는 1990년생으로 삼열과 같은 나이지만 일찍부터 메이저리그에서 활동하고 있었다. 도미니카 공화국 출신으로, 굉장히 뛰어난 외야수였다. 2010년부터 메이저리거가 되었으니 올해로 3년 차나 된다.

"파워 업!"

"내가 말을 말지."

원래 스트롱 케인은 처음 보면 굉장히 강한 체를 하는데 사실 겁이 많은 편이었다. 삼열과 한번 붙을 뻔했지만 그때는 그가 삼열을 잘 몰라서였다.

마지막 9회를 넘기면 컵스는 승리하게 된다.

결국 세인트루이스 카디널스와의 첫 번째 경기에서 다비드 위드가 7이닝 1실점으로 상대 타자를 묶어 놓음으로써 시카고 컵스가 승리를 거머쥐게 되었다.

세인트루이스 카디널스는 2011년 월드 시리즈에서 우승한 막강한 전력을 가진 팀이다. 그런 팀을 상대로 개막전에서 첫 승리를 따냈다. 그것도 작년에 13승 7패의 성적을 올린 툰 가르시아를 상대로 말이다.

"와우, 멋진데."

"그레이트! 위드가 한 건 해냈군. 삼열 강, 잘해."

"걱정하지 마. 반항하지 못하게 눌러줄 테니까. 너나 홈런 터뜨려라."

"하하하, 너도 걱정하지 마."

훈련의 라이벌인 로버트가 주먹을 좌우로 흔들며 말했다. 모두 뛰어나가 마무리 시세 마몰이 마운드에서 내려오는 것을 환영했다.

삼열은 경기가 끝나고 구장에서 잠시 몸을 푼 뒤 집으로 돌아왔다. 늦은 저녁에 바람이 선선하게 불었다. 아직까지는 봄 날씨라기보다는 서늘한 밤공기가 느껴지는 기온이었다.

"일찍 왔네요."

마리아가 삼열의 등 뒤에 착 달라붙어 말했다.

"경기가 끝났으니 와야죠."

술을 마시지 않는 삼열은 항상 경기가 끝나자마자 귀가를 했다. 내일은 또 삼열이 선발 등판하는 날이기도 했다.

마리아는 그런 그를 보며 미소를 지었다. 그녀는 아무리 생각해도 삼열이 멋진 남자로 보였다. 그리고 여자들이 좋아할 만한 성격이고. 콩깍지가 단단히 씌었다.

보통 선수들은 경기가 끝나면 선수들끼리 모여 한잔을 하는데 삼열은 술 자체를 아예 하지 않는다. 마리아는 그게 좀 아쉽기는 했다. 그녀도 술을 즐기는 편은 아니지만 가끔 마시곤 하니까.

"걱정되지 않아요?"

"뭐가요? 내일 경기요? 평소대로 하면 되죠. 다를 것이 뭐가 있어요. 이 경기를 위해 그동안 투자한 시간과 노력이 얼마인데, 긴장하고 그러겠어요. 그냥 평소대로 할 뿐이죠."

"오, 삼열! 당신 정말 멋져요."

"뭐, 이 정도쯤이야."

마리아의 칭찬에 삼열은 쑥스러워하면서도 좋아했다. 마리아는 자신의 아름다운 외모와 나이스한 바디가 통하지 않자 작전을 바꾸어 요즘은 칭찬을 자주 했다.

멋지다, 훌륭하다는 말을 듣고 기분 나빠질 사람은 없다. 더구나 놀리는 것도 아닌 진심을 담은 칭찬과 격려는 사람의 마음을 움직이는 힘이 있는 법이다. 칭찬 작전으로 가자 감정적으로 여린 부분이 많은 삼열은 금방 마리아의 마수에 걸려들고 말았다.

어릴 때부터 홀로 생활하다 보니 아무리 천재인 삼열도 감성적인 부분에서는 문제가 있었다. 그것이 수화와 사귀면서 많이 부드러워졌는데 이번에 그녀와 헤어지면서 다시 날카롭게 튀어나왔다.

삼열은 은근히 한 살 아래라 말을 놓았던 수화에게 남자인 체하기 위해 의연한 모습을 보여야 했다. 그런데 마리아는 네 살이나 많은데도 존중해 주니 삼열로서는 고맙기 그지없는 일이었다.

내일 경기가 있어서 오늘은 운동을 많이 하지 않았기에 시간의 여유가 있다. 그래서 삼열은 거실에서 마리아와 이야기를 나눌 수 있게 되었다.

그런데 이야기를 하면 할수록 마리아의 장점이 눈에 들어왔다. 좋은 점이 하나씩 눈에 들어오더니 마리아를 보는 눈 자체가 달라졌다.

삼열은 마리아와 이야기를 하다가 먼저 일어났다.

"아, 오늘은 일찍 들어가서 자야겠어요. 내일 시합이 있어서요. 아쉽지만 먼저 들어갈게요."

"네, 잘 자요."

마리아는 삼열이 방으로 사라지자 회심의 미소를 지었다.

　미모도, 멋진 몸매도 안 통해서 고민하던 차에 '남자를 사로잡는 44가지 방법'에서 남자들은 자존심이 강해 그것은 절대 건드리면 안 된다는 글을 보고 재빨리 방향을 바꿨다. 결과는 대성공이었다.

　'삼열 씨는 자존심이 세구나. 그 부분은 절대 건드리지 말아야겠다. 그래도 아주 조금이지만 반응을 보였어. Yes! I can do it!'

　마리아는 내일 삼열에게 해줄 음식을 체크하고는 자신의 방으로 들어갔다.

　밤이 깊어지자 어둠이 순식간에 주변을 삼켰다. 간간이 보이는 가로등만이 어둠을 겨우 밝히고 있을 뿐이었다.

＊　　　＊　　　＊

　아침이 되자 마리아는 일찍 일어나 요리를 시작했다. 평생 안 하던 짓을 하면서도 그녀는 신이 났다. 자신이 만든 음식을 맛있게 먹는 삼열의 모습을 보는 것은 그녀에게 행복이 되었다.

　삼열이 일어나 샤워하고 나오자 마리아가 바쁘게 요리를 하고 있었다.

"마리아, 와우~ 냄새가 죽여주는데요."

"그렇죠? 내 비장의 무기예요."

"기대되는군요. 마리아는 요리 솜씨가 좋아서 부러워요."

"정말요?"

"네."

마리아는 '삼열 씨에게 평생 해줄 수도 있어요'라는 말을 간신히 참았다.

아침은 신선한 해산물과 육류, 그리고 채소들로 풍성한 밥상이었다. 삼열은 음식을 맛있게 먹었다. 아침을 먹은 후에 거실 소파에 앉아 마리아가 커피를 마시자 삼열은 주스를 마셨다.

마리아가 컵스 구단으로 출근하자 삼열은 벌떡 일어나 운동을 하기 시작했다. 그는 평소와 다르게 부드럽고 가볍게 연습을 끝냈다. 그리고 열한 시가 되어 구단으로 갔다. 가면서 그는 중얼거렸다.

"오늘은 나의 날, 퍼펙트한 게임을 해주마. 나는 그라운드의 제왕! 나에겐 파워 업이 있어."

삼열은 구단에 가서 점심을 먹고 선수들과 인사를 하고는 몸을 풀었다. 그러고는 구단에서 받은 야구공에 사인하기 시작했다.

"헤이, 파워 업 맨. 그게 뭐야?"

"보면 몰라? 야구공이지."

"와우, 그렇게나 많이 뭐 하게?"

"뭐 하긴. 나의 퍼펙트한 경기를 기념하기 위해 내 팬들에게 줄 선물이지."

"이렇게나 많이?"

"뭐가 많아. 100개밖에 안 되는데."

"헉! 테러블. 이렇게 많은 공을 팬들에게 선물한 선수는 아직 아무도 없을걸?"

"이제 있어. 바로 나."

삼열은 정성스레 야구공에 사인을 계속했다.

"나도 좀 하면 안 될까?"

"이거 돈 주고 산 거다. 그리고 딱 100개라서 안 돼. 상징성이 있거든."

"그래, 알겠다. 이상한 데 돈 쓰는 놈아."

"관심 꺼."

우익수 짐 캐서가 삼열의 공을 탐내다가 지나갔다. 그 후로도 몇몇 선수들이 와서 삼열에게 말을 걸었지만 그는 싹 무시했다.

"오늘은 첫날이니 인상적인 피칭을 해야겠군. 아무리 나라도 오늘은 삼진을 팍팍 잡겠어."

삼진 잡는 것을 의도적으로 피하던 삼열이지만, 메이저리그 첫 등판에 인상적인 피칭을 하지 못하면 감독의 기억에 남을 가능성이 작았다.

"퍼펙트한 경기를 위해."

삼열은 일찍 온 팬 중에서 아이들에게 다가가면서 중얼거렸다. 삼열이 다가가자 아이들이 먼저 그를 알아보고 달려왔다.

"앗, 파워 업 선수다."

"어디, 정말이네."

아이들이 몰려오자 삼열은 준비한 야구공을 그들에게 선물해 줬다. 한 아이가 야구공을 받고는 물었다.

"이제는 천 달러 사인 안 해줘요?"

"그 사인은 스프링 캠프에서만 해준단다."

"왜요?"

"왜냐하면 내가 그렇게 하기로 결정했거든."

"아하, 그렇구나. 그런데 1천 달러 사인을 몇 장이나 해줬어요?"

"응, 스프링 캠프에서는 137장을 해줬단다."

"137장이면… 와우, 무려 13만 7천 달러야."

"와, 정말이네."

꼬마들도 계산을 금방 끝내고는 놀라는 눈치였다. 계산하기 좋게 사인 1장에 천 달러니, 거기에 공 몇 개만 붙이면 얼마인지 금방 답이 나온다.

"그래도 메이저리거는 돈을 많이 벌지 않아?"

"바보야, 저 형아는 신인이잖아. 그럼 최소 연봉밖에 못 받는다고."

"아하~"

삼열은 찾아오는 아이들 모두에게 자신의 사인이 된 야구공을 나눠줬다.

"애들아!"

"네~"

"이 야구공은 천 달러의 사인지는 아니지만 잘 간직하면 천 달러가 될 수 있도록 내가 노력할게."

"와아! 정말요?"

"그럼. 자, 그런 의미로 우리, 외치는 구호 알지?"

"네, 파워~ 업!"

"자, 그럼 외치는 거다. 파워 업!"

"파워 업!"

"파워 업! 파워 업!"

아이들은 한 번에 그치지 않고 장난스럽게 여러 번 했다.

"자, 내가 마운드에서 파워 업을 외치면 너희도 함께하는 거야."

"네~"

야구공을 선물 받은 아이들이 신이 나 대답을 했다. 그들이 선물 받은 야구공은 메이저리그 공식구다. 시중에서는 팔지 않는 것이기에 아이들도 이 공의 가치를 너무나 잘 알고 있었다.

"그리고 아빠, 엄마랑도 같이 외치는 거야. 뭐라고 외치지?"

"파워~ 업!"

"파워 업요."

"그래. 굿 보이, 굿 걸! 자, 다시 한 번 파워 업!"

"파워 업!"

삼열은 야구공 100개로 구장을 찾은 아이들 모두를 세뇌시켰다. 부모는 아이에게 약하다. 부모가 돈을 버는 이유도 다 자식을 잘 키우기 위한 것이다. 그러니 아이가 열렬하게 응원하는 선수가 있으면 부모도 같이 응원하지 않을 수 없게 된다.

드디어 경기가 시작되었다. 삼열은 호흡을 고르고 마운드에 나갈 준비를 하며 몸을 풀었다.

"헤이, 파워 업 맨. 이제 가라고."

시세 마몰이 삼열에게 소리쳤다.

"물론이지."

삼열은 자신만만하게 마운드로 걸어나갔다. 이미 불펜에서 충분히 몸을 푼 이후였다. 마운드에서 연습구를 뿌려 보니 공이 손에 착착 감겼다.

"자, 이제 나의 전설을 만들자."

삼열은 관중을 보고 손을 흔들고는 파워 업을 외쳤다. 그러자 아이들이 모두 일어나 파워 업을 외치며 야단이었다. 부모들은 아이들이 갑자기 신인 투수를 향해 열광하자 의아해하다가 손에 든 공을 보고는 웃었다.

"삼구 삼진을 잡되 무리는 하지 말자."

삼열은 포수 스티브 칼스버그를 보고 고개를 끄덕였다. 그리고 공을 던졌다. 삼열의 손을 떠난 공은 번개처럼 날아가 포수의 미트에 꽂혔다.

펑.

"스트라이크."

낮게 제구가 된 100마일의 공이 미트에 꽂히자 주심은 재빨리 스트라이크를 외쳤다. 1번 타자 라파엘 오만스는 움찔 놀랐다.

신인이라 공을 지켜볼 생각으로 배트를 움직이지 않았는데 공이 무시무시했다.

'젠장, 공이 장난 아니야. 지켜보다가는 망신만 당하겠어.'

라파엘은 제2구부터 적극적으로 타격 자세를 취했지만 소용이 없었다. 직구로 알고 받아친 공에 배트가 부러졌다. 정말 믿을 수 없을 정도로 무섭게 회전한 컷 패스트볼이었다.

3구는 체인지업을 던져 스트라이크를 잡았다. 3구만에 삼진을 잡은 것이다.

"오케이. 방심하지 말고 침착하게! 나는 마운드의 제왕. 이곳은 나의 통제하에 있다. 그리고 내 공은 아무도 치지 못한다."

삼열은 중얼거렸다. 2번 타자로 나온 데이비드 오컴이 잔뜩 긴장한 채 타석에 들어섰다. 그 역시 신인이라고 해서 마음을 어느 정도 놓고 있다가 라파엘이 삼진 당하는 것을 지켜봤다. 정말 무지막지한 공을 가진 투수였다.

게다가 처음으로 데뷔하는 신인치고 어린이 팬도 많고, 긴장도 하지 않고 침착하게 공을 던진다.

펑.

"스트라이크."

2번 타자는 상대 투수가 언제 던졌는지도 모를 정도로 빠르게 지나간 공을 지켜보았다.

공이 딱 수박씨만 하게 보였다. 이런 공은 도저히 칠 수가 없다. 전광판에 찍힌 101마일의 구속에 사람들 모두 입이 딱 벌어졌다. 한마디로 언터처블이었다. 그는 선 채로 삼구 삼진을 당했다.

3번 타자는 5구까지 갔지만 투수 앞 땅볼로 물러났다. 놀라운 공의 스피드에 관중이 모두 일어나 삼열을 보며 박수를 쳤다. 워싱턴 내셔널스의 마틴 스트라우스보다도 빠른 공이었다.

"오 마이 갓!"

"굉장해. 믿을 수가 없어."

관중뿐만 아니라 세인트루이스 카디널스의 감독 마크 벤은 고개를 숙였다.

어제 경기에 이어 오늘도 분위기가 안 좋았다. 아무리 원정 경기라고 하지만 이번 경기마저 지면 곤란했다.

하지만 방법이 없다. 저런 무지막지한 공을 던지는 투수를 상대로 어떻게 안타를 뽑아낸단 말인가.

"하아~"

마크 벤 감독이 입을 열자 바로 한숨이 터져 나왔다. 그는 묵묵히 수비하러 가는 선수들을 바라보았다. 어제의 패배로 인해 오늘은 반드시 승리하자고 다짐했던 뜨거웠던 의지가 조금씩 사라지는 느낌을 받았다.

"컵스가 보물을 얻었군."

1회에만 두 개의 삼진을 당했다. 또 앞으로 몇 개의 삼진을 당할지 모른다. 하지만 구질이 알려지지 않은 신인투수라 공략할 방법이 없다.

눈으로 보기에는 직구 위주의 피칭을 하는데 그것이 아주 위력적이고 특히 공 끝의 움직임이 좋았다. 스윙하면 배트가 부러지거나 투수 앞 땅볼이었다.

삼열은 다른 투수들과 함께 벤치에 앉아 있으면서 회심의 미소를 지었다.

원하는 대로 공이 들어갔다. 샘 잭슨 투수 코치와 함께 투구폼을 손본 다음에 구속도 빨라지고 던질 때는 힘도 덜 들었다.

"파워 업!"

"앗, 깜짝이야."

불펜 투수 에밀리가 웃으며 소리를 질렀다.

세인트루이스 카디널스의 투수는 캐일 롱이다. 작년에도 롱은 14승 8패를 했고 올해도 10승 이상은 할 것으로 예상되는 우완 정통파 투수다.

캐일 롱은 역시나 공을 잘 던졌다. 1번 타자 짐 캐서가 제대로 대응도 하지 못하고 삼진을 당했다. 2번 타자인 스트롱 케인은 7구 만에 땅볼 아웃, 3번 타자는 4구 만에 2루수의 키를 넘기는 안타로 1루로 진출했다. 4번 타자 레리 핀처가 삼진으로 물러나면서 1회가 마무리되었다.

"자, 돌격이다. 파이팅."

삼열이 1루수 존 스튜어트의 엉덩이를 글러브로 쳤다.

"더 쳐 주세요, 주인님."

"뻐큐."

"아하하하."

존 스튜어트 장난에 삼열이 그를 경계했다. 하지만 이런 장난은 팀을 위해 나쁘지 않다. 긴장을 완화시켜 주는 역할을 하니 말이다.

삼열은 마운드에서 마음을 차분하게 정리했다. 그때 아이들이 그들의 부모와 함께 파워 업을 외쳤다. 그 소리를 듣자 삼열은 힘이 불끈해졌다.

야구공 100개를 투자한 것치고는 너무 큰 것을 얻었다는 생각이 들자 정말로 힘이 많이 났다. 안 그래도 컨디션이 최고였는데, 지금 기분으로는 100이닝이라도 던질 수 있을 것 같았다.

'차분하게, 마음을 안정시키고 던진다.'

삼열은 포수의 사인을 보고 몸쪽 컷 패스트볼을 던졌다.

딱.

데굴데굴.

공이 굴러 2루를 스쳐 지나갈 때 로버트가 재빠르게 달려들어 공을 잡아 1루로 송구하였다.

"아웃."

1루심이 가볍게 소리를 질렀다. 타자는 아직 1루의 반도 오지 않고 있었다. 긴 팔과 긴 손을 가지고 있는 로버트는 다리는 구부정하지만 무척이나 빨랐다. 그는 신체적 이점이 있음에도 엄청난 훈련을 해서 메이저리그에 올라오자마자 빠르게 2루수 자리를 꿰찼다. 삼열과 함께 연습벌레로 소문난 선수다웠다.

"헤이, 파워 업 맨. 이쪽으로 오는 것은 안심하라고."

삼열은 로버트의 말에 피식 웃었다. 그쪽은 그의 말대로 안심이다. 그렇게 연습하는 데 공을 못 잡는 게 이상하다.

공 한 개로 아웃 카운트를 잡자 관중석에서 환호가 터져 나왔다.

제구력을 가진 강속구 투수의 무서운 점이 바로 이것이다. 스트라이크 비슷하면 배트가 무조건 나와야 한다. 그렇지 않으면 삼진을 당하게 되니 말이다.

삼열은 5번 타자도 공 두 개를 던져 내야 플라이로 잡아버렸다. 오늘따라 컷 패스트볼이 무척이나 묵직하게 들어갔다. 배트로 맞혀도 타구가 뻗어 나가지 못하거나 땅볼인 경우가 대부분이었다.

6번 타자가 나와 삼구 삼진을 당하고 들어가면서 인상을 썼다. 그도 느낀 것이다. 기다린다고 달라질 것은 하나도 없다는 것을.

삼열이 2회를 끝내고 더그아웃으로 들어가자 아이들과 어른들이 모두 한목소리로 파워 업을 외쳤다. 파워 업을 외치면 누구나 기분이 좋아진다.

"와, 굉장한데."

"오, 굿 보이. 역시 파워 업이야."

선수들도 더그아웃으로 들어오면서 기분이 좋은지 모두 한 마디씩 했다. 삼열은 모든 선수에게 사랑을 받았다. 그의 성격이 모난 부분이 있어도 선수들은 웃으며 받아줬다. 아직 그를 어린 소년이라고 생각하기 때문이다.

또 그의 엄청난 훈련량은 팀의 최고 고참인 레리 핀처도 본받고 싶다고 할 정도다. 그리고 오늘은 비록 2이닝밖에 안 끝났지만 얼마나 강력한 공을 던지는가.

컵스 선수들은 수비를 시작하자마자 다시 더그아웃으로 들어오니 즐겁지 않을 수 없었다. 삼열은 이번 이닝에 공을 불과 여섯 개밖에 던지지 않았다.

수비 시간이 짧다는 것은 그만큼 체력을 비축할 수 있다는 말이었다.

요즘 같은 봄이야 그라운드에 오래 서 있어도 상관이 없지만 여름에는 수비 시간이 길어지면 집중력이 떨어질 수밖에 없다. 위력적인 공을 던지는 투수가 수비수의 사랑을 받는 이유다.

"하하, 존. 한 방 날려!"

"염려 마."

존 마크는 배트를 챙기면서 웃으며 대답했다. 지난번 스프링 캠프 때부터 느낀 것이지만 그는 삼열이 공을 던지면 왠지 즐거워졌다.

저 엉뚱한 놈은 뭔가를 터뜨릴 것 같은 묘한 기대를 하게 하는 반면 수비 시에는 굉장히 안정적으로 변한다.

마운드에 선 캐일 롱이 와인드업한 후에 공을 던졌다.

펑.

공이 빠르게 들어와 미트에 박혔다. 하지만 공 하나 차이로 볼이 선언되었다. 그는 다시 공을 던졌다. 이번에는 커브가 날카롭게 날아왔다.

펑.

"스트라이크."

존은 타석에 서서 나지막하게 나오는 한숨 대신 일부러 삼열이 하는 것을 따라서 외쳤다.

"파워 업!"

그 순간 공이 날아왔고 존은 날카롭게 배트를 휘둘렀다. 공이 1루 쪽에 붙어서 날아갔다. 존은 바람같이 뛰었다. 2루타였다.

캐일 롱이 던진 공은 슬라이더였다. 분명 실투는 아니었다. 스트라이크를 잡으려고 들어간 것이라 스트라이크 존을 꼭 채운 공이었다. 그 공을 쳐서 날렸으니 그로서도 할 말이 없었다.

6번 타자는 연습벌레 로버트. 그는 자신감을 가지고 타석에 섰다.

예전에는 타석에 서면 투수가 커 보였었다. 자연히 타격에 자신이 없어졌고 타율도 좋지 않았다. 하지만 지금은 오히려 투수가 왜소하게 보인다. 그리고 그가 던진 공도 아주 뚜렷하게 보였다.

공이 날아왔다. 로버트는 배트를 힘껏 휘둘렀다.

딱.

로버트가 공을 배트에 맞히는 순간 더그아웃에 있던 선수들이 자리에서 벌떡 일어났다.

"어어~"

"엇, 넘어갔다!"

2점 홈런을 터뜨린 로버트는 자랑스러운 표정으로 누상을 돌아 홈으로 들어왔다. 컵스의 선수들은 더그아웃에서 열렬하게 그를 환영했다. 로버트는 네 경기를 하는 동안 때린 홈런이 벌써 두 개나 된다. 연습을 그렇게 열심히 하니 좋은 성적이 뒤따라온 것이다.

"저 녀석이 홈런 치는 것은 반갑지 않아야 하는데 은근히 고맙네."

삼열은 자신의 라이벌이 홈런을 치고 들어오자 어정쩡한 표정을 지었다.

고맙기는 한데 왠지 기분이 안 좋다. 투수와 타자가 라이벌이라는 것이 이해가 되지 않는 사실이지만, 둘은 연습광으로 상대방이 연습장에 나오지 않으면 서로 만세를 부르는 사이다.

'아, 저놈이 잘난 체하는 꼴을 또 어떻게 보나. 저번에도 홈런을 치고 와서 그렇게 자랑을 하던데. 아, 노히트 노런이라도 해야 하는 거 아닌지 모르겠어.'

삼열은 시큰둥한 표정으로 로버트와 하이파이브를 했다.

"하하하. 파워 업 맨, 봤지? 내가 홈런을 때린 것."

"어? 홈런 쳤었어? 몰랐네."

"속은 좁아터져서."

"흥, 내 속이 좁은 걸 네가 왜 걱정하고 난리야. 한번 나랑 뜨겠다는 거야?"

"……."

삼열이 한판 뜨자고 하면 항상 그는 입을 다물었다. 싸움은 자신이 더 잘할 것 같은데 왠지 그와 싸운다고 생각하면 주눅부터 들었다. 로버트는 그 이유가 삼열의 무시무시한 눈빛 때문일 것으로 생각했다.

'뭔 놈의 눈깔이 짐승 같으니.'

홈런을 맞아 정신이 없었던 캐일 롱은 묵묵히 바닥을 바라보며 충격을 잊으려고 노력했다.

7번 타자로 포수 스티브 칼스버그가 나왔다. 그는 4구 만에 파울 플라이로 아웃되었다. 8번 타자 존 레이가 나와 3구 만에 다시 안타를 치고 나갔다.

전체적으로 시카고 컵스의 전력은 작년과는 비교할 수도 없을 정도로 상승해 있었다. 작년에는 잠브라노, 라미네즈, 페냐, 마샬 등이 팀을 떠나 어려움을 겪었다. 그런데 올해는 로버트와 삼열이 훈련 경쟁을 하느라 스토브 리그 연습장이 후끈 달아올랐었다. 그 효과가 시즌이 시작하자마자 나타났다.

원 아웃에 삼열이 타석으로 들어섰다. 온몸에 보호 장비를 더덕더덕 붙이고 말이다. 저렇게 완전 무장을 해서 제대로 뛸 수 있을까 싶을 정도로 장비가 많았다.

'아, 타격 연습을 제대로 안 했는데 잘될지 모르겠네.'

삼열은 은근히 켕겼다. 베일 카르도 감독이 번트 사인을 냈지만 거부했다. 그는 자신의 타격 감각을 믿었다.

베일 카르도 감독은 삼열이 자신의 사인을 거부하자 화가 났다. 하지만 2회까지 엄청나게 잘 던지고 있는 투수를 사인을 거부한다고 당장 교체할 수는 없다. 그는 인상을 찌푸리고 타석을 노려보았다.

삼열은 한 열 개까지만 커트해 줄 생각이었다. 가능하면 안 타도 치고. 하지만 캐일 롱이 던진 공을 보고는 생각을 고쳐 먹었다.

마이너리그에서 던지던 투수들의 공과 많이 달랐다. 게다 가 자신은 거의 반년 가까이 레드삭스에 있으면서 타격 훈련 을 하지 않았다.

물론 컵스에 와서 기본적인 타격 훈련을 했지만 그렇다고 많이 한 것은 아니었다.

샘 잭슨 투수 코치와 투구폼을 교정하는 데 시간의 대부분 을 사용했다. 그 결과 구속도 오르고 쉽고 편하게 공을 던질 수 있게 되었다. 이제는 100마일의 공을 던져도 몸에는 전혀 무리가 오지 않았다.

공이 날아왔다. 삼열은 배트를 움직이지 않았다.

펑.

"볼."

다행히 공은 볼이 되었다. 캐일 롱 투수는 제구가 제대로 말을 안 듣는지 고개를 갸웃거렸다.

삼열은 투 스트라이크가 될 때까지 기다렸다. 그다음부터 는 좋은 공은 모두 커트를 했다.

캐일 롱이 일곱 개째의 공을 던졌을 때 공이 손가락을 벗어 나 삼열에게 날아왔다. 실투였지만 너무나 빨랐기에 삼열은 재빠르게 바닥으로 다이빙했다.

더덕더덕 붙은 보호 장비 덕에 삼열은 바닥에 던져졌어도 아프지 않았다.

그는 벌떡 일어나, 관중들을 보며 파워 업을 외쳤다. 마음 같아서는 마운드로 달려가 투수를 패대기치고 싶었지만 어린 아이들이 보고 있다는 생각에 눈을 질끈 감고 외쳤다. 속으로는 쌍욕을 하면서도 얼굴은 활짝 웃었다.

더그아웃에서는 삼열의 이런 행동에 말들이 많았다.

"어, 저럴 놈이 아닌데."

"이거, 인기 끌려고 하는 수작질이 분명해."

"오우, 잘 참네. 나한테도 그렇게 참아주지."

"이거야말로 가증스러움의 극치야."

선수들은 삼열의 위선적인 행동에 대해 뒷담화를 까기 바빴다. 하지만 삼열의 행동에 관중석에서는 엄청난 박수가 터져 나왔다.

삼열은 아프지 않았지만 아픈 척을 하며 쩔뚝거렸다. 이런 사소한 연기로 팬들에게 동정표를 받을 수 있으면 그것도 나쁘지 않다고 생각했다. 삼열이 시간을 끌자 의료진이 올라왔다가 괜찮다는 제스처를 하자 그들은 제자리로 돌아갔다.

'이 정도면 됐겠지?'

삼열은 몸을 털고 다시 타석에 섰다. 솔직히 그 공을 실제로 맞았다 하더라도, 아프긴 해도 어디 부러지거나 하지는 않을 것이다. 하지만 1득점도 아니고 고작 베이스 1루를 밟아 보려고 공에 맞을 생각은 전혀 없었다. 게다가 그는 투수였다.

캐일 롱의 기분은 엉망이 되었다. 실투한 것도 마음에 들지 않았지만 조금 전에 벌떡 일어났던 삼열이 관중들 앞에서는 아픈 것처럼 쇼를 하니 기가 막혔다. 하지만 본인이 아프다고 하는 데에야 어떻게 할 방법이 없다.

캐일 롱은 다시 공을 던졌다. 그런데 생각이 많다 보니 공이 가운데로 몰렸다.

삼열은 날아오는 공을 노려보고 배트를 휘둘렀다.

딱.

배트에 맞은 공은 유격수의 키를 넘어가 펜스 가까이 굴러갔다. 좌익수가 뛰어갔지만 이미 늦었다. 1루에 있던 존 레이가 벌써 3루를 돌고 있었다.

또다시 1득점. 이번 삼열의 타구는 1타점의 안타였다.

삼열은 더덕더덕 붙은 장비에도 불구하고 2루까지 진루했다. 예전에 병을 고치기 위해 지리산에 붙은 산을 1년 내내 달리던 것에 비하면 이런 평지를 달리는 것은 일도 아니었다.

2루 베이스를 밟고 그는 장비를 벗어서 1루 코치에게 주었다.

"자, 시작해 볼까?"

삼열은 환하게 웃으며 2루수인 스킵 존슨에게 말을 걸었다.

"헤이, 안녕."

"응, 그래. 반갑다."

"넌 어디 출신이야?"

"LA에서 태어났다."

"오우, 좋은 곳에서 태어났네."

"후후."

"내가 뛸 것 같아?"

"뛰든지 말든지."

스킵 존슨은 메이저리그 경험이 많아 이렇게 도발을 해오는 선수들을 적지 않게 보았다. 처음에는 이런 도발에 화도 나고 했지만 지금은 노련하게 받아넘긴다.

삼열은 2루에 붙어 있다가 투수가 던지자마자 3루로 달렸다.

"헛."

"헐."

"도루야!"

그 누구도 투수가 도루를 시도할 줄은 몰랐던지라 삼열이 뛰자 멍하게 바라만 보았다. 포수 아이다 졸리어도 놀라 잡고 있던 공을 떨어뜨릴 정도였다.

"음하하하. 로버트, 봤나?"

삼열이 소리치자 로버트가 얼굴을 붉히며 변형된 감자를 먹었다. 주먹 대신 머리를 사용한 것이다. 마침 1번 타자 짐 캐서가 외야 플라이를 치자 삼열은 가볍게 홈으로 들어왔다.

하지만 2번 타자 스트롱 케인이 외야 플라이로 아웃되었다. 비록 아웃은 되었지만 외야 깊숙이 날아간 공으로, 1미터만 더 날아갔으면 홈런이 될 공이었다.

삼열은 더그아웃에 들어가자마자 수비를 하러 다시 마운드로 걸어갔다.

"괜찮아?"

1루수 존 레이가 삼열이 걱정스러운지 물었다. 방금 도루하고 또 3루에서 외야플라이 때 홈으로 들어오느라 숨이 차지 않느냐는 말이었는데 삼열은 빙그레 웃기만 했다.

삼열은 뛰었지만 호흡 하나 흐트러지지 않았다. 전력을 다해 매일 한 시간씩 뛰는 삼열에게 아까의 주루플레이는 코끼리에게 비스킷이었다.

2회 말 공격에 4점 차가 나자 삼열은 마음을 편하게 먹고 공을 던질 수 있게 되었다. 자신의 오늘 구위로는 연타를 맞지 않을 자신이 있었다. 그렇다면 잘해야 1점짜리 홈런만 조심하면 된다.

투수가 도루하자 갑자기 기자들이 분주해지기 시작했다.

투수가 홈런을 치는 경우는 있어도 도루를 하는 경우는 거의 없었기 때문이다.

박찬호도 메이저리그에서 활동하는 동안 세 개의 홈런을 쳤다. 이것이 가능한 게 고등학교, 또는 대학 야구에서 투수가 간혹 4번 타자를 겸하기도 하기 때문이다. 그런데 투수는 어지간하면 도루는 하지 않는다. 다음 회에 공을 던질 때 투구 밸런스가 무너질 가능성이 있기 때문이다.

투수가 도루하는 것이 흔한 것은 아니지만 아주 없는 것도 아니었다. 바로 얼마 전 2011년에 밀워키 브루어스 선발 투수인 잭 그레인키가 시카고 컵스를 상대로 2루 도루에 성공하였었다.

그때도 포수는 멍하니 가만히 있었다. 투수가 도루할 것이라고는 전혀 예상하지 못했던 것이다.

기자들이 처음에는 카디널스의 투수 캐일 롱을 주의 깊게 보다가 이제는 삼열에게 포커스를 맞췄다. 이제 그가 다음 공을 어떻게 던지느냐에 따라 기사의 논조가 달라질 것이다.

밸런스가 무너진 채로 공을 던지면 삼열뿐만 아니라 베일카르도 감독까지 싸잡아서 비난당할 것이다. 그렇지 않다면 새로운 스타가 탄생했다고 글을 쓸 것이다.

삼열은 7번 타자 존 베이를 4구 만에 삼진으로 돌려세웠다. 8번 타자는 2구 만에 투수 앞 땅볼로 아웃, 9번 타자 캐일 롱이 들어섰다.

캐일 롱이 타석에 붙어 적극적으로 타격하려고 하자 스티브 칼스버그가 한마디 했다.

"헤이, 저 친구가 얼굴은 순둥이 같지만 악마 같은 뒤끝이 있어. 조심해."

스티브 칼스버그의 말이 끝나자마자 공이 퍽 하고 날아들었다. 100마일의 포심 패스트볼이 스트라이크 존에서 공 두 개가 빠져 몸쪽으로 들어온 것이었다. 캐일 롱은 기겁을 하고 뒤로 물러났다.

"후후, 거봐. 저 친구는 천재인데 조금 전에 벌어진 일을 잊었겠어?"

스티브 칼스버그의 말을 들은 캐일 롱은 얌전하게 서 있다가 삼진으로 물러났다.

카디널스의 캐일 롱 투수는 매회 주자를 진루시켰지만 6회까지는 더 이상 점수를 내주지 않았다.

그런데 삼열은 6이닝 동안 57개의 공밖에 던지지 않았다. 그는 7회 마운드에 오르면서 생각했다.

'이러다가 퍼펙트 하는 거 아냐?'

삼열은 이런 생각을 하며 무심결에 공을 던졌다.

딱.

"아씨, 젠장."

삼열은 소리만 듣고도 장타라는 것을 알았다. 삼열은 땅을 보고 있었다. 그런데 갑자기 와아, 하는 소리와 함께 박수 소리가 터져 나왔다.

"엉?"

삼열이 뒤를 돌아보자 레리 핀처가 글러브를 위로 들고 있었다. 펜스를 넘어가는 타구를 도약해서 잡은 것이다. 오늘 타격은 별로였는데 수비에서 한몫해 냈다. 노장의 투혼이었다.

"어유, 입이 방정이라더니. 퍼펙트게임 욕심내다가 점수 내 줄 뻔했네."

삼열은 여전히 혼잣말로 중얼거리며 레리 핀처에게 고맙다는 인사를 했다.

"다시 집중하자. 파워 업!"

삼열은 눈에 힘을 주고 다시 공을 던졌다. 공이 날아가다 밑으로 뚝 떨어졌다.

펑.

"스트라이크."

삼열은 어차피 줘봐야 1실점이라고 생각하며 과감하게 던졌다. 유인구도 잘 던지지 않고 외곽을 찌르는 송곳 같은 제구로 상대 타자를 녹였다.

펑.

"스트라이크, 아웃."

삼열은 7회까지 퍼펙트게임을 했다. 메이저리그 타자들의 높은 벽은 삼열의 강속구와 변화구 앞에 무력하게 침몰했다.

특히나 7회부터 타순이 세 번째가 되면서 삼열의 강속구에 눈이 익은 타자들이 타이밍을 맞혀오자 체인지업과 커브를 섞기 시작했다.

이렇게 삼열이 투구 패턴을 바꾸자 카디널스 타자들은 속수무책이 되었다.

삼열은 신이 났다. 이제 2이닝만 던지면 신인 데뷔 무대에서 최초로 퍼펙트게임을 이루게 된다.

'음하하하, 그러면 저 로버트가 나에게 고개를 들지 못하겠지. 그까짓 흔한 홈런하고 퍼펙트게임은 비교가 안 되니까.'

7회 말에 레리 핀처가 솔로 홈런을 터뜨려 1점을 추가했다.

삼열이 8회 마운드에 오르는 순간이었다. 갑자기 심장이 뜨거워졌다. 후끈거리는 게 통증은 아니었다.

'뭐지?'

삼열은 불안한 마음으로 마운드에 올랐다. 물론 공을 던지면서도 문제는 없었다. 하지만 시간이 지날수록 심장이 뜨거워지는 것이 문제였다.

"혹시?"

그는 더 이상 참을 수가 없었다. 심장에서 발아된 불꽃이 뭔가를 일으키려고 하는 모양이었다. 삼열은 감독에게 교체해 달라는 신호를 했다.

7과 3분의 2이닝 동안 퍼펙트게임을 했다. 불과 아웃 카운트 네 개만 더 잡으면 메이저리그 신인 데뷔에 퍼펙트게임이라는, 전대미문의 대기록을 만든다. 신호를 보내면서도 삼열은 무지 아깝다는 생각을 했지만 심장의 뜨거움이 너무 심해 어쩔 도리가 없었다.

삼열이 교체 신호를 보내자 베일 카르도 감독이 직접 올라와 삼열의 상태를 체크했다. 심장이 아프다고 곧이곧대로 이야기할 수는 없었기에 허벅지가 아프다는 핑계를 대었다. 햄스트링은 투수에게 잘 오는 것으로 핑계를 대면 크게 문제가 될 것은 없었다.

베일 카르도 감독이 어두운 얼굴로 불펜에 투수를 준비시키라고 말했다. 삼열은 억울했다. 대기록이 눈앞에 있는데 여기서 물러나다니.

삼열이 여기서 퍼펙트게임을 하게 되면 2012년 4월에 시카고 화이트삭스의 필립 험버가 시애틀 매리너스를 상대로 이룬 스물한 번째 퍼펙트게임에 이은 스물두 번째가 된다. 너무나 억울했다.

삼열은 시간을 잠시 끌라는 감독의 말에 욱신거리는 심장의 박동을 참고 관중을 보며 파워 업을 몇 번 외치고 마운드에서 내려갔다.

그러면서 더그아웃을 바라보았다. 단순히 보았을 뿐인데도 선수들은 만약 자신이 삼열의 승리를 날리면 가만두지 않겠다는 의도로 받아들였다.

"아, 저놈이 이렇게 내려갈 줄 몰랐는데. 퍼펙트게임이었는데."

"진짜 아깝다. 조금만 참으면 퍼펙트게임이라는 대기록을 세울 텐데."

"큰 부상은 아니겠지?"

로버트는 자신의 라이벌이기는 해도 퍼펙트게임이 얼마나 대단한 것인지를 알기에 그도 아쉬워했다.

불펜 투수 중에서 러셀 훈트가 나왔다. 슬라이더와 체인지업, 그리고 포크볼을 잘 던지는 투수였다. 감독이 그에게 말했다. '아웃 카운트 한 개만 잡아라. 만약 여의치 않으면 시간만이라도 끌어라'라고.

삼열이 워낙 잘 던지고 있었기에 불펜진이 가동하지 않고 있었다. 하지만 시합 전에 신인 투수가 선발이라는 말을 듣고 그는 몸을 충분히 풀어 두었었다.

다행스럽게도 삼열이 감독과 함께 마운드에서 시간을 끌어

줬기에 불펜에서 공을 충분히 던지고 나올 수 있었다. 연습구를 던지고 컨디션을 체크하니 나쁘지 않았다. 갑작스러운 등판치고는 상태가 좋았다.

조금 전까지 강속구에 속수무책이던 카디널스의 선수들은 새로 바뀐 투수의 공을 노려 점수를 내려고 했지만 러셀 훈트의 노련한 공 배합에 파울 플라이로 아웃되고 말았다.

삼열은 라커룸에 들어와 의자에 누웠다. 집으로 돌아가고 싶었지만 경기는 끝나지 않았고, 혼자 차를 몰고 갈 수 있는 상황도 아니었다.

의료진이 그를 진료하고자 했으나 거절하고 라커룸으로 들어왔다.

햄스트링이 투수에게 심각한 병이기는 하지만 위급한 것은 아니기에 삼열의 의견이 받아들여졌다.

긴 의자에 눕자 심장의 뜨거운 박동이 점점 잦아들었다. 덕분에 삼열은 코를 골며 잠에 빠졌다. 긴장을 안 한다고 마음을 먹었어도 첫 등판이었기에 매우 피곤했었는데 미처 인식하지 못했던 것이다.

점수 차가 커서 세이브가 인정되지 않은 상황이 되자 마무리 투수인 시세 마몰이 나오지 않고 계속 불펜진이 돌아가면서 공을 던졌다.

모두 승리의 기쁨을 맛보며 축하하는데 로버트는 삼열이 걱정되어 라커룸으로 먼저 들어왔다. 로버트의 뒤를 따라 몇몇 선수들도 왔는데 모두 입을 벌리고 그 자리에 가만히 있었다.

"어, 자고 있네."

"진짜 자는 건가?"

"설마……?"

삼열이 의자 위에 누워 코까지 골며 자고 있는 모습을 본 로버트는 어이가 없기도 하고 화가 나기도 해서 버럭 소리를 지르며 발로 의자를 걷어찼다.

"에라, 이 망할 놈아! 누구는 죽어라 경기하는데 여기서 처자냐?"

로버트의 목소리에 삼열은 일어나 하품을 하면서 왜 그러느냐는 표정으로 로버트와 일행을 바라보았다.

"허참, 기가 막혀서."

"오우, 너무해. 여기서 자다니."

"졸려서 잔 게 잘못인가?"

"오 마이 갓!"

처음에는 황당해하던 선수들도 그의 당당한 태도에 결국은 파안대소하고 말았다. 삼열은 머리를 긁적이며 물었다.

"어떻게 됐어?"

"당연히 이겼지. 지면 네놈에게 무슨 욕을 들으려고."

"하하하, 내가 무슨 욕을 한다고 그래. 난 착한 사람인데."

"미친……."

삼열은 팀이 승리했다는 소리에 기분이 좋아져 웃음을 터뜨렸다. 하지만 퍼펙트게임이 날아간 것이 못내 아쉬웠다. 퍼펙트게임이 힘들면 완봉승이라도 거두고 싶었는데, 다시 생각해도 아까웠다.

자고 일어나니 심장의 두근거림은 없어졌다. 삼열은 왜 이런 현상이 벌어졌는지 이해할 수 없었으나 몸에 이상이 생긴 것은 아니라는 것을 확신할 수 있었다.

그러는 사이에 대부분의 선수가 라커룸에 들어왔고 감독과 코치진도 삼열의 상태를 알아보기 위해 왔다. 베일 카르도 감독이 삼열에게 다가와 물었다.

"허벅지는 어떤가?"

"괜찮습니다."

"흠, 그래도 의료진의 진료는 받아보도록 해. 오늘은 늦었으니 내일 병원 가보도록."

"네."

삼열은 아까 감독의 사인을 무시한 것도 있어서 얌전하게 대답을 했다.

집으로 돌아오니 마리아가 기다리고 있었다.

"짠!"

마리아가 삼열을 식탁으로 인도했다. 거기에는 갖가지 요리와 샴페인이 놓여 있었다.

"와우, 대단한데요."

마리아는 직접 경기장에 가서 삼열이 던지는 것을 보고 싶었지만 승리 축하 음식을 만드느라 가지 못하고 지역 방송을 통해 보았다.

그의 투구는 무시무시했다. 강타자들로 구성된 세인트루이스 카디널스의 타자들이 꼼짝을 못 했다.

"다친 데는 어때요?"

걱정스러운 눈빛으로 묻는 마리아에게 삼열이 대답했다.

"괜찮아요. 멀쩡해요."

마리아는 다행이라는 표정을 지으며 삼열을 바라보았다.

"정말 다행이에요. 그리고 무사할 것이라고 믿었어요."

"그래요?"

"네, 삼열 씨는 그렇게 많이 운동해도 문제없었잖아요. 그러니 갑자기 허벅지에 이상이 생길 리가 없다고는 생각했어요. 하지만 걱정은 많이 했어요."

"아, 네. 고마워요."

"우리 축하해요. 메이저리그 첫 승을요!"

"아, 뭐 축하까지⋯⋯."

"이게 얼마나 대단한 일인데요. 메이저리그 첫 승이라고요. 다른 곳도 아니고 메이저리그! 와아, 정말 삼열 씨 대단해요. 승리할 거라고 믿었지만 퍼펙트게임을 할 줄은 몰랐어요. 마지막 두 이닝만 버텼으면 완벽한 신인 데뷔 최초의 퍼펙트게임이었을 텐데, 너무 아까워요. 하지만 멋진 승리를 축하해요."

삼열은 마리아가 자신보다 더 기뻐하자 은근히 기분이 좋아졌다.

마리아가 켜놓은 거실 TV에서는 계속해서 삼열이 한 경기를 요약해서 방송하고 있었다. 그만큼 야구가 인기가 있어서이기도 하지만 오늘 경기가 재미있었기 때문이기도 하였다.

삼열은 자신이 한 경기가 이렇게 계속 방송해 줄 정도로 대단한 것이라고는 생각 못 했는데 자신이 투구하는 모습이 TV에 나오니 기분이 묘했다. 좋으면서도 신기했다.

"음, 이건 그냥 축하하는 의미니까 따라만 줄게요. 안 마셔도 돼요."

마리아가 샴페인을 따 삼열의 잔에 채우고 자신의 잔에도 따랐다.

"건배!"

마리아는 자신의 잔을 삼열의 잔에 살짝 부딪친 뒤 샴페인을 마셨다. 삼열도 한 번에 샴페인을 다 마셨다.

"엇! 술 드셨네요."

"이 정도는 괜찮아요. 축하하는 의미니까요."

"아, 네."

마리아는 삼열이 술이 아주 약하여 그 한 잔에 취하기를 바랐지만 아쉽게도 그런 일은 일어나지 않았다.

"이 많은 음식을 마리아가 다 했어요?"

"아뇨, 몇 가지는 호텔 레스토랑에 주문했어요."

"아~!"

사실 몇 가지라고 했지만, 대부분이 전날 호텔에 들러 주방 장에게 주문한 요리였다. 그렇다고 마리아가 거짓말을 한 건 아니었다. 숫자만 말하지 않았을 뿐…….

회사에 다니는 그녀로서는 요리할 시간이 없었다.

"아, 역시 마리아는 요리를 잘해요."

남자는, 여자는, 그리고 대부분 사람들은 맛있는 요리를 먹으면 행복해진다.

맛있는 음식을 같이 먹는다는 것은 행복을 나누는 행위다. 그래서 음식을 같이 먹으면 친해질 수밖에 없다.

불편한 사람과 먹으면 뭘 먹어도 맛이 없고 체하지나 않으면 다행이듯, 맛있다고 느낀 순간 마음의 빗장은 풀린 것이나 다름없다.

삼열도 이 생활이 즐거웠다. 아침마다 마리아가 해주는 음식은 맛있었고, 상냥하고 다정하지만 일정 이상으로 다가오지 않는 그녀가 점차 좋아졌다.

가끔 수화가 많이 생각났지만 그녀가 이별을 통보한 후 단 한 번도 전화를 하지 않았다. 그녀는 좋지만 그녀를 둘러싸고 있는 모든 것들이 마음에 들지 않았던 탓이 컸다.

가장 싫은 것은 위에서 아래로 내려다보는 듯한 그녀 부모의 눈빛이었다. 그것은 단순하게 윗사람이 아랫사람을 바라보는 그런 눈빛이 아니라 오랜 시간에 걸쳐 형성된 특권 의식이었다.

수화의 어머니에게 신발로 맞은 것보다도 친절은 했지만 싸늘하고 냉랭했던 그녀의 아버지 눈빛이 더 아팠다. 그래서 자신의 마음이 더 이상 그쪽으로는 다가가지 않으려고 애썼다.

"무슨 생각을 그렇게 해요?"

"아니에요. 이 많은 것을 저를 위해 준비해 준 것, 정말 고마워요."

"당연하죠. 우리는 다정한 룸메이트인데요."

마리아는 자신의 말에도 별 거부 반응을 보이지 않는 삼열을 보며 미소를 지었다. 그녀는 일부러 자신의 말에 '다정한'을 집어넣었다.

"내일 같이 병원 가요. 구단에 내일 결근한다고 말해 놨어요."

"정말요?"

삼열은 깜짝 놀랐다. 새로 직장을 잡은 마리아가 자신을 위해 하루 휴가를 냈다는 것은 정말 뜻밖이었다.

"거절하면 안 돼요. 이제는 취소하기도 힘들단 말이에요."

"미안해서… 그렇죠."

"호호, 미안하긴요. 고맙다는 말 한마디면 돼요."

"내일 제가 저녁 살게요. 아주 근사한 것으로요."

"정말요? 그레이트!"

삼열은 좋아하는 마리아를 보고 마음이 움직이는 것을 느꼈다.

2. 시작, 메이저리그 II

마리아는 아침에 나가 일간지를 모두 사서 돌아왔다. 대부분의 일간지 1면에는 삼열의 사진이 실려 있었다. 어떤 신문은 1면 타이틀로, 그렇지 않은 신문도 1면에 작은 지면을 할애하고 스포츠 면에는 자세하게 그에 대한 내용을 다루었다.

루키, 메이저리그를 점령하다!

시카고 컵스는 세인트루이스 카디널스를 상대로 파란의 2연승을 거두었다. 그 선두에는 존스타인 단장이 있다. 2004년 밤비노의 저주를 깬 이 젊은 단장은 2007년에도 월드 시리즈를 제패하고 100년 동안 월드 시리즈에서 승리하지 못한 시카고 컵스로 건너왔다.

그 첫해에는 그의 명성에 걸맞지 않은 초라한 성적을 거두었다. 팀의 주축 선수들이 FA가 되면서 팀을 떠난 탓이 컸다. 그 결과 그가 부임한 첫해에는 지구 꼴찌라는 불명예를 안았다.

하지만 그에게는 비장의 카드가 있었다. 두 명의 유망주를 주고 트레이드해 온 한국인, 삼열 강이 그였다.

그는 보스턴 레드삭스의 마이너리그에 있을 때도 뛰어난 구위를 선보였지만 승리와는 인연이 없었다. 하지만 그는 시카고 컵스로 오자마자 화려하게 비상했다.

첫 선발로 출전해 7과 2/3이닝 동안 단 한 명의 타자도 진루시키지 않았을 뿐만 아니라 볼넷조차도 없었다. 101마일을 던지며 송곳 같은 제구력으로 세인트루이스 카디널스의 타선을 완벽하게 제압했다.

만약 그가 햄스트링 부상으로 교체되지 않았다면 메이저리그 데뷔 경기에서 전무후무한 퍼펙트게임을 이뤘을지도 모른다.

삼열 강은 이날 자신이 던지기 전에 어린이 팬들에게 공을 선물해 주는 이벤트를 열었다. 아이들은 그런 그를 좋아하며 '파워업 맨'이라고 불렀다.

아이들을 사랑하는 슈퍼 루키의 탄생. 메이저리그를 평정할 새로운 투수가 등장한 것이다.

존스타인의 마술이 시카고 컵스에서 다시 통할 것인가? 여기 이 선수, 삼열 강에게 물어보라.

—시카고 트리뷴, 조니 맥클레인 기자.

삼열은 자신의 기사가 난 신문들을 찾아 모두 읽었다. 처음엔 자기 기사가 실린 것이 신기해서 읽고 또 읽었지만 대부분 비슷한 내용이었다.

"그건 뭐예요?"

삼열은 동일한 신문을 한 부씩 가지고 있는 마리아를 보며 물었다.

"아, 나 삼열 씨 팬이잖아요. 그래서 기사를 스크랩하려고요."

"아, 네."

삼열은 마리아를 말릴 생각은 없었다. 팬이라는데 뭐라고 하겠는가.

삼열은 아침 일찍 마리아의 차를 타고 병원으로 가서 검사를 받았다. 당연히 이상이 없었다. 아니, 이상이 있을 리가 없었다.

병원에서, 거리에서 삼열을 알아보고 사인을 요청하는 사람들이 하루 만에 많아졌다.

"앗, 파워 업 맨이다. 파워~ 업!"

아이들이 삼열을 보고 파워 업을 외쳤다. 그러고는 삼열의 뒤를 쫓아와 사인을 받아갔다.

"우리는 왜 천 달러 주겠다는 단어가 없어요?"

"아, 그거는 스프링 캠프 때에만 해주는 특별한 사인이란다."

"아~ 그러면 내년 스프링 캠프에 찾아가면 그 사인 해주실 거죠?"

"물론이지."

"와, 이 누나 엄청 예쁘다. 형 애인이에요?"

"사생활은 묻는 게 아니란다."

"아, 맞다."

아이들은 조잘거리며 자기 사인이 더 멋있다고 서로 주장하면서 사라졌다.

삼열은 야구의 열풍이 시카고를 덮고 있는 것을 느낄 수 있었다. 100년 동안 이루지 못한 승리의 갈증이 도시의 곳곳에 녹아 있었다.

집에 돌아온 삼열은 공원으로 잠시 산책을 나갔다. 혼자 남은 마리아는 점심을 준비한다고 부산을 떨다가 부주의로 탁자 위에 놓여 있던 삼열의 핸드폰을 떨어뜨렸다.

"어?"

삼열의 핸드폰이 데굴데굴 굴렀다.

"아~"

그녀는 급히 핸드폰을 집어 들었다가 다시 떨어뜨렸다. 그리고 결국 만족할 만큼 핸드폰이 고장 나자 환한 미소를 지으며 중얼거렸다.

"예스! 아주 중대한 것을 그동안 놓치고 있었네."

마리아는 입가에 미소를 가득 띠고는 핸드폰을 사러 시내로 갔다. 그리고 신형 스마트폰을 사 가지고 돌아왔다. 물론 자신도 같은 걸 하나 더 사는 것도 잊지 않았다.

"어떡하지? 애교도 잘 안 먹히는 남자인데… 괜찮을까?"

마리아가 덜컥 일을 벌이기는 했지만 이제 수습이 문제였다. 그녀는 삼열이 돌아올 시간이 되니 초조해졌다.

"휴, 뭐 어떻게 해. 할 수 없잖아. 배 째라고 해야지."

"뭘 째요?"

"어머나!"

마리아는 뒤에서 들려온 삼열의 목소리에 깜짝 놀랐다가 곧 배시시 웃었다. 갑자기 나타난 삼열을 보고 눈을 이리저리 굴리는 그녀의 모습은 마치 개구쟁이 소녀 같았다.

"왜, 무슨 일 있어요?"

"……"

"괜찮아요. 말해 보세요."

삼열은 귀엽게 혀를 내밀고 눈알을 굴리는 마리아를 보고 그녀가 사고를 쳤음을 직감했다. 아니나 다를까.

"삼열 씨, 나 용서해 줄 거죠?"

"뭘요?"

"뭐든."

"그런 게 어디 있어요. 아, 그런데 내 핸드폰 못 봤어요?"

삼열이 핸드폰을 찾자 다급해진 마리아가 입술을 깨물더니 당차게 외쳤다.

"용서해 줄 거 아니면 나를 때리세요."

"네… 에?"

삼열은 기가 막혔다. 남자가 어떻게 여자를 때린단 말인가. 그리고 그녀가 자신에게 잘못할 일이 뭐가 있겠는가. 하지만 삼열은 마리아의 태도가 너무나 확고해서 할 수 없이 고개를 끄덕였다.

"그래요. 뭐든 용서해 줄게요. 이제 말해 보세요."

"정말이죠? 나중에 딴말하기 없기예요."

"뭐, 그러죠. 설마 마리아가 큰 잘못이야 했겠어요?"

마리아는 삼열의 말이 끝나자마자 번개같이 자신의 방으로 가서는 새로운 핸드폰을 가져와 삼열에게 주었다.

"이게 뭐예요?"

"…핸드폰."

"선물이에요?"

"아뇨."

마리아는 고개를 도리도리 저었다. 새 핸드폰인데 선물이 아니라니 이해가 안 되었다.

'그럼 나에게 판다는 건가?'

삼열은 한참을 기다려도 마리아가 말을 하지 않자 이상한 생각만 들었다.

"저기, 삼열 씨. 내가 부주의로 삼열 씨 핸드폰을 손상시켰어요. 그래서 새것으로 사 왔어요."

"아, 네… 그런데 그게 무슨 말이에요?"

"지나가다가 탁자를 건드렸어요. 그때 마침 탁자 위에 있던 핸드폰이 떨어져서 고장이 났어요. 미안해요."

"아니에요. 실수잖아요. 그리고 이게 더 좋은 스마트폰이네요."

"근데 그거… 예전 번호가 아니에요."

"……?"

"전의 핸드폰은 삼열 씨가 한국에서 가입한 것을 지금까지 로밍해서 사용하였던 것이고, 여긴 미국이라 번호를 다르게 했어요."

"아~"

삼열은 마리아의 말에 고개를 끄덕였다. 그동안 핸드폰 요금이 많이 나오기는 했지만 감당하지 못할 정도는 아니어서 그대로 두었었다.

문득 전화번호가 바뀌면 한국과의 모든 연결 고리가 끊긴다는 생각이 들자 마음이 아려왔다. 물론 수화의 번호는 외우고 있지만, 전화번호가 바뀌니 이제는 그녀와 정말 끝이라는 것이 실감 났다.

이전에는 혹시라도 그녀에게서 전화가 오지 않을까 하는 기대 아닌 기대감이 조금은 있었는데, 이제는 아름다웠던 추억과 완전한 결별을 해야 했다. 청춘의 사랑이 꽃처럼 흐드러지게 피었다가 시든 것이다.

마리아는 삼열의 표정이 심각해지자 간이 조마조마했다. 숙제를 안 해온 학생처럼 삼열의 눈치만 살폈다.

'나 설마 쫓겨나지는 않겠지? 그러면 안 되는데. 그럼 완전 망하는 건데.'

한참을 멍하게 추억 속에 잠겨 있던 삼열이 마침내 회상에서 깨어났다.

"어쩔 수 없죠. 일부러 그런 것도 아닐 텐데."

"그, 그럼요. 다, 당연하죠."

말을 더듬는 마리아의 태도가 이상했지만 삼열은 별다른 의심 없이 새 스마트폰을 살펴보았다. 화면이 커서 마음에 들었다.

손이 큰 그가 스마트폰을 잡자 딱 손에 감기듯 들어왔다. 이전에 쓰던 것은 솔직히 너무 작아 약간은 장난감 같은 느낌이 들었었다.

"그리고 삼열 씨, 1번에 내 번호를 저장했어요."

"그건 왜요?"

"헤에, 내가 제일 먼저 그 폰에 저장했으니 당연히 단축 번호도 1번이죠."

"아, 그런가요?"

삼열은 단축 번호를 잘 사용하지 않았다. 그의 명석한 머리로 모든 전화번호를 기억하고 있었기 때문에 특별히 핸드폰에 저장된 번호도 많지 않았었다.

'휴우, 무사히 넘어가는구나. 그럼 그렇지. 내가 그동안 해준 밥이 얼마인데. 내일부터 아침 식사를 더 풍성하게 차려줘야지.'

찔리는 것이 있는 마리아는 삼열에게 더 잘해주는 것으로 자신의 죄의식을 걷어내기로 했다.

그녀는 머리가 좋은 삼열이 옛 애인의 전화번호를 암기하고 있을 것으로 생각했다. 그래서 삼열이 전 애인에게 전화하는 것은 막을 수 없으리라고 생각했다.

하지만 그 여자가 삼열에게 전화해서 둘이 다시 이어지는 것은 정말 싫었다. 그래서 휴대폰을 고의로 손상시킨 것이다.

'어쩔 수 없어. 이렇게 해야 둘이 다시 이어질 확률이 반으로 줄어드니까.'

마리아는 마음을 다잡았다. 사랑은 쟁취하는 것이다. 그의 옛 애인과 다시 이어질 확률을 반으로 줄인 것에 그녀는 만족했다.

그녀가 생각하기로, 사랑에 머뭇거리며 체면을 차리는 것은 바보짓이다.

왜냐하면 체면보다 사랑이 더 중요하니까.

여자라고 예외는 없다. 처음에는 단순한 호기심으로 시작한 것이 삼열이 너무 반응을 보이지 않자 오기가 생겼고, 오기가 이제는 사랑으로 변했다. 하지만 그녀는 끝까지 자신이 짝사랑에 빠졌다는 것을 인정하지 않았다.

자신이 아주 조금 그보다 먼저 사랑했다고 나중에 말할 생각이었다. 그와 사랑하는 사이가 된다면 말이다.

'쳇, 남녀가 사귀는데 누가 먼저 사랑하면 어때. 누가 더 많이 사랑하느냐가 중요하지. 그러니 난 그가 나를 아주, 완전히, 그리고 많이 사랑하게 만들 거야.'

마리아는 일이 잘 해결되자 방긋방긋 웃었다. 그녀의 미소가 꽃처럼 환한 봉오리가 되어 피어났다.

"아참, 점심 먹어야죠."

"아, 매번 고마워요, 마리아."

"뭘요. 혼자 먹는 것보다는 행복한 밥상이에요."

"그건 그렇죠."

삼열은 점심을 먹고 자신의 방에 들어와 어제 마운드에서 일어났던 일을 생각했다.

'나도 모르는 사이에 엄청나게 긴장했다는 건가? 몸이 못 버틸 정도로.'

상당히 그럴듯한 생각이었다.

다음 날 아침에 삼열이 일어나 거울을 보니 어제보다 얼굴이 야위어 있었다. 그것은 그가 자신도 모르게 메이저리그 데뷔에 엄청나게 긴장했다는 것이다. 그게 가능할까 생각을 해 보아도 적당한 답은 없었다.

하지만 어제 메이저리그에 잔류하기 위해 처음으로 전력으로 투구했다.

그토록 비경제적이라고 비웃던 삼진을 매회 잡으면서 말이다. 그러다 보니 자신이 생각한 것보다 더 많은 힘을 사용한 것 같았다.

'그래, 엄청 긴장했었나 보다. 마음은 마인드 컨트롤로 통제를 했지만 몸은 그게 안 되었나 보군. 하지만 문제없어. 이제부터는 조금 더 느긋하게 해도 돼. 관중과 감독에게 강렬한 인상을 남겨줬으니까. 그것을 위해 어제 전력투구를 했던 것이고.'

삼열이 자신의 몸에서 일어난 변화에 대해 생각하는 동안 마리아는 그녀의 방에서 오후에 삼열과 함께 외출할 옷을 고르고 있었다. 옷을 고르고 난 다음 마리아는 삼열의 방문을 노크했다.

똑똑.

삼열이 일어나 문을 열었다.

"아, 마리아. 무슨 일이에요?"

"우리 시내 구경을 못 했잖아요. 조금 일찍 나가서 구경을 좀 하다가 식사를 하면 어떨까요?"

"음, 좋은 생각이에요."

삼열은 선뜻 동의했다. 그는 마리아가 교묘하게 자신과 데이트를 즐기려는 것이라고는 꿈에도 짐작하지 못했다.

"그럼 우리 세 시쯤에 나가요."

"그건 좀 이르지 않을까요?"

"어떻게 될지 모르니까 일찍 나가는 게 좋죠."

"아, 그렇군요. 그럼 저도 준비할게요."

삼열은 연습 시간이 줄어든 것을 걱정하면서도 마리아의 말에 동의했다.

어차피 자신이 먼저 저녁을 사겠다고 했고 생각해 보니 한
두 시간 더 일찍 나가는 것도 나쁘지 않았다.

*　　　　*　　　　*

홍성대 국장은 헐레벌떡 KBC 스포츠국으로 달려갔다. 밤
사이에 날아든 삼열의 소식에 귀가 번쩍 뜨인 것이다.

KBC ESPN을 관리하고 있는 그는 최근 시카고 컵스가 한
국인 선수를 영입하는 데 공을 들였다는 것을 알고 있었다.

그런데 그 선수가 데뷔 무대에서 대형 사고를 쳤다.

7과 2/3이닝 동안 퍼펙트게임을 했다. 게다가 햄스트링 부
상이 의심되었던 상황이었는데 조금 전에 구단이 그에게 전혀
이상이 없다고 발표를 했다.

이것은 아무리 생각해도 대박이었다.

박찬호 이래 최고의 빅 카드라고 생각한 그는 해당 간부와
관계자를 모이게 했다.

문을 열고 회의실에 들어서자 대외 업무 팀장과 메이저리
그 야구팀의 부장이 앉아 있다가 그를 보자 벌떡 자리에서 일
어섰다.

"아, 미리 와있었군. 앉아."

"예, 국장님."

"자네들, 들었지? 강삼열이 메이저리그에서 데뷔한 것 말이야."

"네, 7회까지 퍼펙트게임을 했다더군요. 아웃 카운트를 네 개 남겨놓고 마운드를 내려갔고요."

"바로 그거야. 우리가 메이저리그 방송은 하지만 시카고 지역 방송하고는 계약을 안 맺었지?"

"네, 그쪽 지역은 우리나라에 그다지 인기가 없습니다. 그래서 특정 지역 방송과는 계약을 맺지 못했습니다. 미국 ESPN이 보내오는 것만 방송하고 있습니다."

"박 팀장, 빨리 시카고로 날아가서 계약하고 오게."

"네? 하지만 준비를 하고 가야 할 거 아닙니까? 게다가 강삼열이 박찬호처럼 롱런한다는 보장도 없습니다."

"자네가 그래서 승진하지 못하는 거야. 너무 안전하게만 가려고 하니까 특종이 없잖아, 특종이. 자네는 늘 보통은 하지만 대박이 없어. 갈 때 구라 잘 치는 강대식이 데리고 가. 그놈이 영어도 되고 하니까 말이야. 아직 강삼열이가 뜨기 전이니 계약금 많이 달라고 안 할 거야. 가능한 계약 기간 오래 잡고 한국에서 방송하는 독점권은 반드시 얻어와."

"그래도……."

이번에는 메이저리그를 방송하는 팀에서 반대 의견을 냈다. 기존의 ESPN에서 받는 것은 어떻게 하느냐는 것이었다. 이렇게 되면 비용이 이중으로 나가기 때문이다.

홍성대 국장은 책상을 탁 쳤다.

"이봐, 강삼열이 어떤 선수인지 몰라?"

"물론 압니다. 국내에 있을 때는 대광고에서 투수 생활을 했죠."

"그래, 잘 알고 있구만. 그전에 대광고가 전국 대회에 나온 적이 있나? 예전의 대광고는 야구계에서 비유하자면 시골 깡촌이었어, 깡촌. 그런데 강삼열이가 청룡기 전국 대회에서 우승시켰잖아."

"그때는 송치호라는 에이스가 있었습니다."

"그 송치호는 지금 어디서 뭐 하는데?"

"그야 두산에 가 있죠."

"국내 리그에도 관심 좀 가져 봐라, 이 화상아. 송치호는 2군에서 아직도 못 올라오고 있잖아. 그게 에이스야? 그 선수는 그때에도 7이닝까지밖에 못 던졌는데 강삼열은 모두 완봉에 완투했어. 그리고 메이저리그에 가서 1년 만에 데뷔해서 승리 투수가 되었지."

"……."

"아휴, 뭐가 느껴지는 게 없냐? 내가 이런 걸 데리고 뭐를 해먹으려고 하니… 으이구, 답답해. 강삼열은 박찬호보다 더 인기가 있을 거야. 그 선수 스펙이 서울대 수석 입학이다. 그리고 메이저리그 데뷔 무대에서 7과 2/3 이닝 동안 퍼펙트게임을 했지. 이게 뭔지 아냐?"

"……."

"대박 상품이라는 거다, 대박 상품! 빨리 미국으로 가서 엮어와."

"네, 국장님."

박종희 대외 업무 팀장은 재빠르게 대답하고 바로 집으로 돌아가 미국 출장 준비를 했다. 그는 가면서 강삼열에 대한 정보를 검색하였다. 홍성대 국장의 말대로 그의 옆에는 강대식이 걷고 있었다.

MBS나 SBC는 삼열에 대한 소식을 스포츠 뉴스를 통해 전했지만 계약할 준비는 미처 하지 못하고 있었다. 오랜만에 KBC가 대박을 치려 하고 있었다.

*　　　*　　　*

마리아는 매력적인 옷을 입고 삼열의 옆에서 거리를 걸었다.

사람들이 지나가면서 모두 한 번은 그녀를 보고 지나쳤다. 이런 것이 싫어서 그녀는 수수하게 입고 다니고 기초화장만 하고 다녔었지만 지금은 아니었다.

몸이 달아오른 것은 그녀였다. 그녀는 너무 과하지 않게 삼열의 옆에 딱 붙어 종알거렸다. 얼굴도 예쁜 그녀는 목소리도 좋았다.

차를 주차장에 세우면서부터 마리아는 소녀처럼 들뜬 표정으로 어떻게 하면 삼열에게 예쁘게 보일까 그것만 연구했다. 그러니 삼열의 눈에도 그녀가 밉게 보일 리는 없었다.

꼬마들이 지나가다가 삼열을 알아보고 파워 업을 외치고는 그의 주위로 몰려들었다.

"파워 업!"

"우리는 파워 업 맨의 팬들이야."

아이들이 무작정 삼열에게 몰려들자 그 부모들이 당황하다가 삼열이 친절하게 사인을 해주고 아이들을 칭찬하며 격려해주자 흐뭇하게 미소를 지으며 지켜보았다. 그중 한 남자가 삼열에게 다가와 인사를 나눴다.

"안녕하세요. 사무엘 잭슨이라 합니다. 워싱턴 포스트의 논설위원으로 있습니다."

그는 자기를 소개하며 명함을 삼열에게 주었다.

"아, 그리고 이분은……?"

"마리아라고 해요."

"혹시 마리아 멜로라인?"

"어머, 절 아세요?"

"전에 한번 봤었죠. 그때는 고등학생이었던 것 같았는데, 아버님이신……."

"제 아버지 이야기는 나중에 저와 둘이 있을 때 하시는 게 좋겠어요."

"아, 죄송합니다. 그럼 아버님께 안부나 전해 주십시오."

"네, 그럴게요."

"아, 미스터 강. 제 딸 엘리나에게 사인을 해주셔서 감사합니다. 다음에 일이 있으면 연락 주십시오. 제 담당이 스포츠 분야는 아니지만, 그래도 또 압니까? 하하하."

그는 귀엽게 생긴 딸의 손을 잡고 사람들 사이로 들어갔다. 앙증맞은 여자아이는 삼열과 헤어지면서 그 유치한 파워 업을 천연덕스럽게 외치고 갔다.

삼열은 한참 아이들에게 둘러싸여 사인을 해주고 나자 정신이 하나도 없었다.

그 모습을 보며 마리아가 귀여운 표정으로 파워 업을 외쳤다. 역시 같은 말이라도 삼열이 하는 것과 마리아가 하는 것은 엄청나게 달랐다.

"어때요, 아이들과 사람들이 삼열 씨를 알아보니까요?"

"좀 얼떨떨해요. 예전엔 내가 찾아가야 사인을 아이들이 받아갔는데 지금은 반대가 되었군요."

"정말 타깃을 잘 잡았어요. 원래 아이들을 좋아했다면 몰라도요. 아이들은 쉽게 친해지죠. 그리고 금방 열광적인 팬으로 변해요. 아이의 부모는 아이가 좋아하는 선수에 대해 알아보려고 노력할 것이고, 곧 그들도 당신의 팬으로 변하겠죠."

삼열은 마리아의 말을 듣고 뜨끔했다. 아이들을 사랑해서 시작한 것은 물론 아니었다.

어른들은 너무 격식을 따져 스타급이 아니면 사인을 좀처럼 받으려고 하지 않는다. 하지만 아이들은 아니다. 야구복만 입고 있어도 신기해하며 먼저 사인을 해달라고 조르기 시작한다. 그래서 타깃을 아이들로 잡았던 것이다.

삼열은 가끔 자신을 알아보는 아이들 때문에 지체하기는 했지만 저녁때가 될 때까지 거리를 걸으며 시내 구경을 하였다. 사랑하는 여자는 아니지만 빼어난 미인과 함께 걷는 것도 나름 좋았다.

저녁을 먹고 차를 마신 뒤 근처의 공연장에서 연극도 한 편 보고 오니 밤 열한 시가 넘어갔다.

마리아는 조금의 피곤함도 느끼지 못할 정도로 삼열과 지낸 시간이 너무나 행복했다. 정말 마술 같은 시간이었다.

삼열은 마리아와 같은 집에서 살며, 같이 밥을 먹고, 이렇게 같이 시간을 보내는 것이 무엇을 의미하는지 몰랐다. 가랑비에 옷이 젖듯 시간이 지날수록 사람 사이에 정이 깊어진다는 것을 어린 그는 알지 못했다.

마리아는 자신의 방에 들어가 외출복을 벗자마자 팔짝팔짝 뛰며 만세를 불렀다.

자신이 왜 삼열에게 이렇게 집착하는지는 알지 못한다. 미국인들 가운데서도 삼열보다 인품이나 매너가 좋은 남자는 많다. 하지만 삼열은 자신을 여자로 보지 않았던 몇 되지 않는 남자였다.

그녀는 무심한 척하면서도 자신을 바라보는 남자들의 끈적이는 눈빛을 잘 알고 있다. 그러나 삼열은 자신에게 애인이 있다고 밝히며 반지를 보여준 남자였고 그녀가 미치도록 좋아하는 야구 선수이기도 했다.

마리아는 행복했다. 이 행복을 빼앗기지 않기 위해 더 많은 노력이 필요함을 너무나도 잘 알고 있었다. 그녀는 더 오래 기다리며 자신의 가치를 알아줄 때까지 더 노력하기로 결심했다.

"그레이트! 아니지, 삼열 씨의 캐릭터를 따라 나도 파워 업!"

마리아는 혹시나 하고 핫팬츠와 속이 비치는 가벼운 티셔츠를 입고 욕실 주변을 서성였지만 삼열은 자신의 방에서 나올 생각을 하지 않았다. 할 수 없이 그녀는 씻고는 잠자리에 들었다.

사람들이 잠든 깊은 밤에 사랑은 소리 없이 시작된다. 사람

들의 마음과 생각에서, 그리고 꿈속에서조차. 하지만 사람들
은 너무 바빠 그것을 미처 생각하지 못한다. 사랑은 마법이니
까.

＊　　　＊　　　＊

하루를 쉬고 세인트루이스 카디널스와의 3차전이 있었다.

컵스의 선발 투수 랜디 팍스는 5실점을 하고도 타자들의
맹타에 힘입어 승리 투수가 되었다. 재작년 월드 시리즈를 제
패한 세인트루이스를 상대로 컵스는 3연승을 거두었으니 존
스타인 단장은 물론 베일 카르도 감독과 선수들은 오랜만에
활짝 웃었다.

삼열도 이런 분위기가 좋았다. 팀이 연패하면 분위기가 가
라앉아 공을 던지기 힘들게 된다. 연패를 꼭 끊어야 한다는
중압감도 크다. 그런데 팀이 연승하고 있으면 투수들도 마음
이 홀가분하기 마련, 자연 몸도 가벼워져 공을 던지는 것이 쉬
워진다.

"헤이, 파워 업 맨. 내가 오늘도 3루타를 친 것 봤어?"

"아, 그때 난 잠깐 라커룸에 들어가 있어서 못 봤는데 안타
를 쳤나 보지?"

로버트는 삼열의 말에 피식 웃었다. 그는 삼열이 이렇게 나

올 줄 알았다. 자신이 3루타를 치고 후속 타자의 안타로 홈으로 들어오면서 슬쩍 더그아웃을 보니 삼열의 표정이 좋지 않았었다. 마치 사촌이 땅을 사서 배 아파하는 것 같은 얼굴이었다.

"하하하, 뭐 그럴 수도 있지. 이번엔 라커룸에서 안 잤어?"

"자든 말든 네가 무슨 상관이야?"

"그야 그렇지. 하하, 이러다가 나 신인상 타는 거 아닌지 모르겠네."

"야! 네가 어떻게 신인상을 타냐, 내가 있는데. 음하하하."

"넌 5일에 한 번 등판하고 난 매일 경기에 나가잖아. 그러니 내가 탈 확률이 너보다 다섯 배는 높지."

"혹시 배고프지 않아? 특별히 너한테만 감자 좀 줄게."

"흐흐, 하나도 안 고프다. 너나 많이 먹어라."

다른 선수들은 기가 막힌다는 표정으로 유치하게 말장난을 하는 두 사람을 바라보았다.

"쟤네 둘은 모이면 어째 유치원 아이들보다 수준이 떨어지는지 모르겠어."

"가까이 안 하는 게 좋아. 물들까 겁난다."

선수들은 두 사람을 무시하고 라커룸으로 들어가 짐을 챙기기 시작했다.

삼열도 선수들의 습관과 기록을 적은 수첩과 노트를 가방에 넣고 집으로 향했다.

　4월의 밤공기는 적당히 시원했다. 구장에서 집까지는 차로 5분 거리라 걸어다닐 수도 있었지만, 구단에서 안전을 위해 가능한 차로 이동하라고 해서 차로 다녔다.

　삼열이 문을 열고 들어서자 마리아가 거실에 있다가 나와 웃으면서 말했다.

　"왔어요?"

　"네, 아직 안 잤어요?"

　"어머, 벌써 자요? 그리고 삼열 씨가 안 들어왔는데 어떻게 자요?"

　"네……?"

　"아하하하, 혹시 출출하지 않아요?"

　"조금 배가 고프긴 해요."

　"저녁에 먹는 것은 몸에 좋지 않지만 삼열 씨라면 괜찮을 거예요. 즉시 운동으로 다 소화시키잖아요."

　삼열은 집에서 기다려 주는 사람이 있으니 기분이 좋았다. 이렇게 자신을 따뜻하게 맞이해 주는 사람이 있는 것은 그 자체로 위안이 된다.

　"잠깐 기다려요."

　마리아는 주방으로 뛰어가 치킨 샐러드를 만들어 가져왔

다. 그러고는 그녀는 옆에 앉아 과일로 만든 술을 마시면서 이야기했다.

삼열은 문득 자신이 결혼하면 이렇게 살지 않을까, 하는 생각이 들어 깜짝 놀랐다. 약간 술기운이 돈 마리아의 붉은 얼굴이 오늘따라 묘하게 아름다웠다.

삼열은 갑자기 마리아와 사랑을 나누는 상상이 머릿속에 떠오르는 바람에 흥분된 마음을 간신히 진정시켰다. 사랑 없는 섹스는 정말 하고 싶지 않다. 그리고 이렇게 좋은 여자에게 상처를 주고 싶지도 않고.

삼열은 그녀의 말을 묵묵히 들었다. 술에 취한 마리아의 목소리는 자장가처럼 나른했고, 그래서 듣기 좋았다.

샐러드를 다 먹었을 때 창문 밖에는 보름달이 둥그렇게 떠 있었다.

창문을 조금 열자 나무 사이를 스치며 지나가는 바람 소리가 사각사각 들려왔다. 봄이 한창 피어나고 있었다.

나무도 꽃도 기지개를 켜는 봄의 저녁에 삼열은 문득 사랑이 무엇일까 생각했다.

그는 늘 따뜻한 가정을 가지고 싶었다. 부모님이 사랑해 주신 것처럼 밝고 따뜻한 정을 나누는 가족이 있었으면 했다.

혼자 외롭게 먹는 밥은 너무 맛이 없고, 빈집에서 대화할 사람 하나 없어 혼잣말하는 일은 지겨웠다. 그리고 그런 가족을 만들 수 있을 것으로 생각했던 여자에게서는 뜻밖의 이별 통보가 날아와 자신의 삶이 또다시 어둠에 잠기는 줄 알았다.

그런데 아니었다. 생각보다 따뜻하고 정겨웠다. 이 모두가 마리아의 덕이었다.

너무 가깝게 다가오지도 않고 적당한 거리를 유지하며 자신에게 친절을 베풀어주는 마리아가 점점 마음에 들었다. 아니, 애초에 싫었다면 그녀가 아무리 우겨도 어떤 이유를 들어서라도 같은 집에서 동거 아닌 동거를 하지 않았을 것이다.

"무슨 생각해요?"

"그냥요. 이제 봄이구나, 하는 생각."

"와, 멋진데요? 그러고 보니 정말 봄이네요. 봄은 여자의 계절, 삼열 씨는 내가 봄바람 나면 기분이 어떨 것 같아요?"

"아……."

삼열도 미처 생각해 보지 못한 질문이다. 그녀가 여자라는 것, 그것도 매우 아름답고 매력적이며 착한 여자라는 것을 잊고 있었다. 그리고 그녀가 한창 사랑하고 싶어 하는 나이라는 것도.

"아마 슬플 것 같아요."

"정말요?"

"그럼요. 이렇게 멋진 룸메이트를 잃어버리는 것은 슬픈 일이죠."

삼열의 말에 마리아의 얼굴이 이상야릇하게 변했다. 화가 난 듯하기도 하고 그렇지 않은 것 같기도 했다.

"나, 먼저 들어가서 잘게요."

"아, 네."

약간 정색을 하고 방에 들어간 마리아 때문에 삼열은 심란해졌다. 괜한 말을 해서 그녀의 마음을 다치게 한 것은 아닌가 싶었다. 그런데 그 말이 정말 이상한 말이었나, 생각해 보아도 알 수가 없었다.

방에 들어온 마리아는 환하게 웃었다. 약간은 서운했지만, 삼열과의 관계가 아주 많이 발전했음을 알았다. 아직은 자신을 여자로 받아들이지는 못하고 있지만 아주 가까운 사이로 인식하고는 있는 것은 틀림없다.

예상보다 훨씬 더 가까워졌다고 판단한 마리아는 이제부터 조심스럽게 삼열과 밀당을 해도 되겠다는 생각이 들었다.

한 번 해보고 안 통하면 바로 멈추면 되니까. 아주 작은 것부터 시도하면 된다. 그리고 그의 마음을 확인하여 자신을 소중한 존재로 인식하게 해야 한다.

삼열은 오늘 하루를 쉬고 원정 6연전을 하게 된다. 그때까지 좀 더 가까운 사이가 되었으면 하는 바람을 가지면서 마리아는 빙긋 웃었다.

어쨌든 자기가 찍은 남자가 이제는 제법 자신의 말에 반응한다는 것이 중요했다.

"파이팅! 아니지, 파워 업!"

마리아는 도도한 표정으로 욕실 문을 열었다. 그리고 옷을 벗었다.

어제와 마찬가지로 속이 많이 비치는 옷이었다. 조금 전 자신을 보고 놀란 표정을 지으며 바로 고개를 돌리던 삼열의 모습에 마리아는 내심 쾌재를 불렀었다.

마리아는 거울에 비친 탐스러운 가슴과 균형 잡힌 몸매를 바라보며 윤기 나는 금발을 뒤로 쓸어 넘겼다. 자신이 봐도 전혀 문제없는 외모였다.

그런데 진도가 느려도 너무 느렸다. 삼열의 실연 후라 더 그런 것 같았다. 실연을 당하면 새로운 사랑으로 상처를 치유하는 사람이 있고 반대로 마음을 닫는 사람이 있다. 불행히도 삼열은 후자에 속했다.

'할 수 없지.'

그리고 핫팬츠를 벗는데 지퍼가 열려 있었다. 그 사이로 속옷이 보였다.

"어머나, 이를 어째. 삼열 씨가 놀란 게 그럼… 지퍼가 열려

서였군, 쳇!"

마리아는 자신의 외모에 놀랐을 것이라고 짐작하고는 기분이 좋았었다. 그런데 좋다 말았다. 아니, 망신도 이런 망신이 없다.

하지만 어쩌겠는가. 일은 이미 벌어졌고 이런 일은 서로 말하지 않는 게 예의이니 모른 척하면 된다.

마리아는 욕조에 물을 채운 뒤 거품을 풀고 누웠다. 뭐, 그래도 좋았다. 좋은 사람하고 같은 집에 있으니 그것만으로 충분히 행복했다.

'욕심을 부리지 않고 천천히, 아주 천천히 완벽하게 나의 사랑을 쟁취할 거야.'

자신이 먼저 좋아해서인지 이번 사랑은 애틋하고 가슴이 두근거렸다. 삼열을 생각하는 것만으로도 행복했다.

마리아가 욕실을 나왔을 때 삼열은 거실에 없었다. 약간 실망한 그녀는 자신의 방으로 돌아가 잠에 빠져들었다.

그 시간 삼열은 정원을 서성이며 마리아에 대한 감정을 정리하는 중이었다.

남이라고 부르기에는 너무 다정다감한 사이고, 애인이라고 하기에는 손도 제대로 잡지 않은 사이다. 그러면서도 아침마다 맛있는 음식을 만들어주는 마리아에게 고마운 감정을 느끼고 있었다.

그래도 아직은 아니라는 생각이 들었다.

마리아가 좋은 여자인 것은 분명하지만 누군가를 사랑하기에는 아직 일렀다. 하지만 오늘 그녀의 말이 무척이나 신경 쓰였다.

그녀가 다른 누군가와 사랑에 빠진다면 마음이 아플 것이라는 생각이 문득 들었다. 그만큼 마리아는 다정하고 상냥한 여자였다.

삼열은 어느 것이 자신의 진짜 마음인지 헷갈렸다. 그녀를 좋아하는 마음과 아직은 아니라는 마음 사이에서 갈팡질팡하고 있었다.

"젠장, 파워 업!"

깊은 밤이라 삼열은 자신만 들을 수 있게 나지막한 소리로 외쳤다.

＊   ＊   ＊

박종희 팀장은 시카고에 도착하자마자 시카고 컵스와 세인트루이스 카디널스의 3차전을 관람할 수 있었다. 시카고 컵스의 지역 방송사인 원더풀 스카이의 배려로 방송국 부스에서 조금 떨어진 곳에 자리를 잡을 수 있었다.

다섯 시가 되면서부터 관람객들이 들어오기 시작했다. 아이들은 한 명의 키 큰 동양인이 나타나자 모두 일제히 모여 파워 업을 외쳤다.

바로 강삼열이었다.

박종희 팀장은 삼열이 아이들과 이야기를 하며 사진도 찍고 사인도 해주는 것을 봤다. 그가 본 것은 아이들의 절대적인 지지였다.

간혹 아이들의 부모도 와서 인사를 하고 사진도 같이 찍었다. 등판하지 않는 날임에도 아이들이 그를 보기 위해 왔다 갔다 하였다.

'단 1회 등판 만에 아이들이 저렇게 좋아한단 말인가?'

박종희는 삼열의 평판이 어떻게 형성된 것인지 알지 못했다.

삼열이 아이들에게 1천 달러 사인을 남발하고 야구공을 선물한다는 이야기를 이곳에 도착하고 나서야 들었다.

하지만 아이들이 이리 좋아하는 것은 실제로는 유튜브나 트위터 덕이었다.

아이들이 길거리에서 만나 삼열에게 사인을 받고 그것을 자랑하려고 트위터에 올렸는데 이것이 리트윗 되면서 엄청난 인기를 순식간에 얻게 된 것이다.

주로 내용은 이런 것이었다.

―나 어제 아빠하고 다운타운을 걷다가 컵스의 파워 업 맨을 만났어. 다가가 사인을 해달라고 하는데 졸라 아이들이 많이 몰렸어. 난 파워 업 맨이 아주 조금이라도 인상을 쓸 줄 알았거든? 그런데 끝까지 웃으며 사인해 주더라고. 실력도 엄청난 투수가 마음도 열라 착해. 그런데 말이야, 옆에 있던 여자가 엄청 예뻤어. 어린 내가 봐도 졸라 부러울 정도로. 나도 커서 야구 선수 해야겠다고 생각할 정도로 떡실신, 왕예쁨.

―나도 그 자리에 있었음. 매너 짱. 우리 모두 파워 업을 외쳤지. 아, 그 누나 진짜 예뻤다는 것에 완전 동감.

―나도 그때 사인 받은 거 가지고 있지롱. 그런데 그거 알아? 스프링 캠프에 가면 천 달러 사인을 진짜 해주겠다고 약속한 거. 아빠 졸라서 내년 스프링 캠프에 꼭 가볼 거야. 우리 가족은 모두 삼열 강 선수를 좋아해. 내년에 아빠 휴가를 플로리다로 가자고 조를 거야. 플로리다 해변에서 따끈따끈한 바닷가재도 먹고 천 달러짜리 사인도 받는 거지. 어떻게 생각해?

트위터의 영향으로 삼열의 행동은 불과 이틀 만에 시카고 컵스를 응원하는 모든 꼬맹이들에게 퍼졌다. 소셜 네트워크의 위력이었다.

삼열은 그런 줄도 모르고 아이들을 구워삶느라 사인을 해주며 립 서비스를 연신 퍼붓고 있었다.

시카고 컵스의 달라진 새로운 면모를 본 것도 박종희의 큰 수확이었다. 작년에는 중부 지구 꼴찌의 수모를 당한 컵스가 비록 시즌 초반이지만 매우 잘나가고 있었다.

그는 바로 다음 날 원더풀 스카이와 계약을 했다. 5년 독점 계약에 250만 달러였다.

홈경기면 방송 부스를 하나 내주고 원정경기는 원더풀 스카이가 영상을 제공하기로 했다.

5년 독점에 250만 달러로 계약할 수 있었던 것은 구라쟁이 강대식의 힘이었다. 그의 현란한 말솜씨에 원더풀 스카이 관계자들은 자신들이 인쇄해 온 프린트를 버리고 새로 다시 뽑아야 했다.

계약서를 교환하고 두 회사의 세부 일정을 조정하여 삼열이 출전하는 세 번째 경기부터 방송할 수 있도록 스케줄을 잡았다.

박종희는 굉장히 촉박한 일정이라 일단 전화로 이 사실을 회사에 보고했다.

중계료가 낮은 이유는 아직 삼열이 전국구 선수가 되지 못한 탓이 컸다. 컵스는 이적료에 해당하는 돈을 벌 수 있기에 쉽게 허락한 것이다.

*   *   *

원정을 가게 된 삼열은 아침 일찍 일어나 평소와 다를 바

없이 운동한 뒤 아침을 먹기 위해 부엌으로 왔다.

그리고 그는 아침 메뉴를 보고 입을 쩍 벌렸다. 그가 좋아하는 전복과 장어 요리가 식탁 위에 있었다. 게다가 연어를 비롯한 해산물도 많았다.

"와우, 이거 굉장한데요."

"그래요?"

마리아의 입이 귀에 걸렸다. 오늘따라 자신을 바라보는 삼열의 눈빛이 더 따뜻한 것을 느꼈기 때문이다.

'역시 남자는 맛있는 요리에 약해.'

그녀의 두 오빠와 아버지도 유독 먹는 것에 약한 모습을 보였다. 그것에서 영감을 얻어 마리아는 아침 일찍 해산물 시장에 다녀왔다.

특히 장어 같은 어류는 유대인들이 기피하는 음식이라 미국인도 잘 먹지 않았지만 삼열이 좋아한다는 것을 마리아는 알고 있었다.

아침을 먹고 삼열이 공항으로 떠나자 마리아는 심심해졌다.

구단 운영상 관중 동원이 많이 되는 주말에는 쉬기가 곤란했다. 대신에 평일에 아무 때나 이틀을 쉴 수 있다.

마리아는 정원으로 나가 나무에 물을 주었다. 그런데 옆집의 문이 열리더니 이상한 남자가 망원경으로 자신을 보는 것이 아닌가?

그리고 조금 있으니 60세는 넘어 보이는 그 남자가 나와 마리아에게 말을 걸어왔다.

"하이, 예쁜 아가씨. 이곳으로 이사 왔나?"

"네. 그런데 아까는 왜 저를 망원경으로 보셨죠?"

"왜겠어? 당연히 예뻐서지."

뭐 이런 변태 영감이 다 있나 싶어 마리아가 한소리를 하려는데 남자가 갑자기 소리쳤다.

"달링, 여기 엄청 예쁜 여자가 나타났어!"

"뭐요?"

할아버지의 말이 끝나자마자 갈색 머리의 할머니가 나타나 엉덩이에 이단 옆차기를 날렸다.

"여보, 당신 또 병 도졌지?"

여자에게 맞고 넘어진 남자는 일어나 허리를 젖히고 하하하 웃었다. 여자가 살짝 때렸는지 별로 다치지도 않은 모양이었다.

언뜻 보면 굉장히 이상한 부부였다.

"어디, 정말이네."

할머니가 마리아를 보며 말했다. 그러고는 남편이 옷을 터는 걸 도와주었다. 옷에 묻은 것을 다 털어주고 나서야 여자가 마리아를 보고 웃으며 말했다.

"놀랐죠? 우리 그이가 장난꾸러기여서 그래요. 예쁜 여자를 매우 좋아하지만 평생 나 외에는 다른 여자를 사랑한 적이 없다우. 왜냐하면 내가 그이의 첫사랑이었기 때문이지."

여자가 웃으며 말했다. 두 부부를 보자 마리아는 자연스레 입가에 미소가 지어졌다. 나이 들었어도 재미있게 사는 부부라는 생각이 들었다.

남자의 이름은 막스 애덤스, 부인은 에레나 애덤스였다. 그리고 한 시간 동안 막스는 마리아의 사진을 찍어댔다. 그에게 뭐라고 하려는데 애덤스 부인이 웃으며 놔두라고 했다.

속으로 불평을 하고 있는데 막스가 사진 촬영이 다 끝났는지 마리아를 집으로 초대했다.

막스는 사진을 컴퓨터에 연결하여 가장 마음에 드는 세 장을 선택하라고 하고서는 마리아가 고르자 나머지는 모두 지웠다. 사진기의 데이터도 모두 지워서 그녀에게 확인시켜 주었다.

그리고 마리아에게 이메일 주소를 물어보고는 자신이 찍은 사진을 보내주고는 그 남은 사진마저도 지웠다. 이렇게 하려면 왜 찍었는지 모를 일이었다.

"하하하, 내가 사진을 찍는 동안만은 합법적으로 예쁜 여자를 바라볼 수 있거든. 그리고 아내 이외의 다른 여자의 사진을 가지고 있는 것은 가슴 설레는 일이지만 아내에게 미안한 일이야. 그래서 찍고 나서 바로 지우네. 맹세코 사진을 복원하는 일 따위는 없네."

막스는 그 말을 하면서 마우스를 클릭해 휴지통마저 비우고 말았다.

이 두 사람의 관계를 보자 마리아는 부러운 마음이 들었다. 남편의 취미를 이해해 주는 아내, 아내를 생각해 찍은 사진을 주인에게 돌려주고 모조리 지우는 남편의 마음이 예뻤다.

그러는 사이에 애덤스 부인이 커피를 내왔다. 은은한 원두의 냄새가 굉장히 진하고 좋았다.

"맛있어요."

"남편이 직접 볶은 원두니 맛이 좋을 수밖에요. 이상했죠? 내 남편이 사진을 찍어서요."

"아, 네. 조금요."

"남편과 나는 아주 어릴 때 같은 마을에서 자라면서 사랑에 빠졌다우. 우리는 평생 아들딸을 키우며 다정하게 살았지만 남편은 나 외의 여자를 사귀지 못한 것이 조금 서운했던가 봐요. 예쁜 여자만 나타나면 저렇게 좋아하며 소란을 떨지만 난 그이가 나를 사랑하고 있다는 것을 믿어 의심치 않아요. 그래서 나도 그이의 취미를 인정해 줬죠. 이게 마리아가 경험한 몇 시간 동안 남편이 이상한 행동을 한 이유라우."

"두 분 정말 멋지세요."

"그렇죠? 호호호, 나도 그렇게 생각해요."

마리아는 두 노부부의 다정한 모습이 정말 보기 좋았다. 이런 이웃이 있다는 것은 정말 유쾌한 일이었다.

3. 메이저리그의 별종 Ⅰ

삼열은 연습장에서 다시 자신의 투구를 체크했다. 지난번에 등판하여 전력투구했지만 다행스럽게도 큰 문제는 없었다. 투수에게 있어 투구폼이 안정되면 그다음으로 중요한 것은 체력이다.

체력만 받쳐준다면 나머지는 문제 될 것이 없다. 부상만 없다면 말이다.

삼열은 던지고 또 던졌다.

한 번을 던진 것과 열 번을 던지는 것은 아주 다르다. 몸이 알고 손이 안다. 손가락에 감기는 공의 실밥의 느낌부터가 다르다. 그래서 하루도 쉬지 않고 연습을 하는 것이다.

이렇게 열심히 던지는 것은 자신이 쉬기를 바라는 로버트의 눈초리 때문이기도 했다. 서로 상대가 연습을 쉬면 만세를 부르며 놀리기에 여념이 없었기 때문이다.

'젠장. 어떻게 된 놈이 로봇이야, 로봇. 그래서 이름도 로버트 아냐?'

삼열은 열심히 배트를 휘두르고 있는 로버트를 곁눈질했다. 가족의 희망인 로버트는 어떻게 해서라도 메이저리그에서 성공해서 동생들을 공부시켜야 한다고 했다. 아버지가 없는 그는 한 집안의 가장으로, 동생들이 자신을 무척이나 잘 따른다고 시간이 날 때마다 자랑하곤 했다.

그는 처음 받은 마이너리그의 계약금으로 가족들이 살 수 있는 집을 얻었고, 비로소 동생들도 학교에 보낼 수 있었다. 올해부터 메이저리그에서 뛰게 되면 가족들의 생계는 해결된다.

다른 선수들은 가족을 위해 일방적으로 희생하는 로버트를 멍청하다고 놀리지만 삼열만큼은 그렇게 생각하지 않았다. 그에게는 그렇게 할 가족도 남아 있지 않으니까.

그래서 삼열은 그렇게 할 수 있는 로버트가 부러웠고 샘이나 그를 더욱 놀렸다. 그가 동생들을 얼마나 좋아하는지를 아니까 그만큼 그를 부러워하는 마음이 컸다.

　　　　　＊　　　　　＊　　　　　＊

　이번 상대는 신시내티 레즈.

　신시내티 레즈는 월드 시리즈 우승 5회에 챔피언십 우승 9회, 중부 지구 우승 2회를 거머쥐었던 강팀이지만 올해는 마운드의 보강이 시급한 상태였다.

　지난해 메이저리그 30개 팀 중에서 레즈는 팀 득점 7위, 팀 타율 13위의 괜찮은 성적을 냈지만 문제는 마운드였다. 마운드를 확실하게 지켜줄 투수가 없었다.

　이곳의 감독은 더서티 베인으로, 시카고 컵스를 나락으로 떨어뜨린 장본인이기도 했다. 바로 투수를 혹사시켜 두 명의 영건을 망친 인물 말이다. 문제는 그런 그가 내셔널 리그 올해의 감독상을 3회나 받았다는 사실이다.

　시카고 컵스의 감독일 때 케리 우드와 마크 프라이어라는 막강한 원투 펀치를 소유했던 그는 염소의 저주에서 벗어나기 위해 투수를 희생시켰다.

　그때는 그가 아닌 누구라도 그 저주를 끊고 싶었을 것이다. 하지만 정도라는 것이 있다.

　케리 우드는 2003년 238이닝을, 마크 프라이어는 234이닝을 던졌다. 신인인 그들에게는 지옥과도 같은 혹사였다. 그리고 포스트 시즌에서는 더욱 무리했다.

또한 한 경기에서 던진 투구 수도 120개가 넘은 것이 모두 22경기나 되었다. 노히트 노런이나 퍼펙트게임도 아닌데 더스티 베인 감독은 선수를 혹사시켰다. 하지만 그렇게 했음에도 아쉽게 월드 시리즈에 올라가지 못했다.

로저 클레멘스와 그렉 매덕스의 후계자로 인정을 받던 젊은 유망주는 그렇게 어이없게 산화됐다. 그래서 선수는 감독을 잘 만나야 한다. 자신의 커리어를 위해 선수를 희생시키는 감독이 있고, 멀리 내다보고 선수를 보호하는 감독이 있다.

삼열이 악당 캐릭터로 밀고 나가는 이유도 여기에 있다.

악당이 '싫어요!'라고 한마디 하면 감독은 더 이상 시키지 않는다. 그러나 착한 캐릭터는 자신이 원하지 않아도 팀을 위해 희생하라는 유무형의 압력을 받아 결국 마운드에 올라가게 된다. 그리고 결국 어깨가 망가지면서 선수 생활을 끝맺게 된다.

삼열이 진상을 떠는 이유도 아이들에게는 천사의 얼굴로, 동료와 감독에게는 괴팍한 인물로 비쳐야 활동의 폭이 넓어지기 때문이었다. 초기에 캐릭터를 잘못 잡으면 이후에 고치려고 해도 쉽지 않다.

착한 사람이 어쩌다가 나쁜 일을 하면 그동안 해온 모든 선한 일들도 덩달아 매도당하게 된다.

그동안 해온 것들이 모두 가식이었다는 둥 거짓이었다는 둥 엉큼스럽고 음흉하다는 둥. 하지만 악당의 경우 어쩌다가 착한 일을 하면 사람들에게 놀라운 찬사를 받는다. 효율성 면에서 비교가 안 된다.

그러니 굳이 착한 캐릭터로 남기 위해 시간을 투자할 필요가 없다. 월터 존슨과 같이 누구에게나 존경받는 선수가 되는 것은 정말 어려운 일이다.

영악한 삼열은 고등학교 야구와 마이너리그를 거치면서 이런 것을 확실히 깨달았다.

신시내티 레즈가 사용하는 그레이트 아메리칸 볼 파크의 주변에는 오하이오 강이 흐르고 있다. 2003년에 개장한 구장으로, 중앙 펜스까지는 123m, 좌우 펜스까지가 각각 116, 113m이며 파울 존이 좁은 게 특징이다. 새로 지어진 구장이라 비교적 깔끔한 편이며 천연 잔디가 멋지게 깔려있다.

삼열은 최근에 지어진 그레이트 아메리칸 볼 파크를 보면서 컵스의 100년 된 리글리 필드를 생각했다. 리글리 필드보다 2,153명을 더 수용할 수 있는 그레이트 아메리칸 볼 파크는 좌우 펜스가 깊어 투수에게 유리한 구장이다.

하지만 리글리 필드에는 그레이트 아메리칸 볼 파크에 없는 것이 있다. 그것은 바로 시간이다. 역사라고도 말할 수도 있는 100년의 시간.

1914년에 세워진 리글리 필드는 1912년에 지어진 보스턴 레드삭스의 펜웨이 파크에 이어 메이저리그 구장 중에서 두 번째로 오래된 것으로 꼽힌다. 그리고 그 시간 속에는 100년 넘게 월드 시리즈에서 우승하지 못했음에도 여전히 경기장을 가득 메우는 시카고 팬들의 사랑이 담겨있다.

삼열은 리글리 필드가 아닌 다른 구단의 경기장을 처음으로 보고서야 비로소 메이저리거가 된 것이 실감났다. 그는 마운드에 서서 홈 플레이트 쪽을 노려보았다. 그리고 두 손을 펼쳐 바람이 지나가는 길을 물었다.

'나는 메이저리거다. 이제 나는 메이저리그를 정복할 거다.'

삼열은 바람이 지나가는 그 부드러운 흐름을 느끼며 마음을 다잡았다.

라이언 호크가 그런 삼열을 보고 피식 웃었다. 메이저리거가 되어 구장에 첫발을 디딜 때가 가장 감격스러운 법이다. 시즌이 끝나고 트레이드되었기에 삼열이 리글리 필드 말고 다른 곳은 처음 와본 것을 그도 알고 있었다.

"쟤 왜 저래요?"

스트롱 케인이 삼열의 이상한 행동을 보고 라이언 호크에게 물었다. 그러자 라이언이 대답했다.

"너는 쟤보다 더했어. 네가 처음 리글리 필드에 섰을 때 덜덜 떠는 게 눈에 보일 정도였거든?"

"에이, 말도 안 돼요. 제가 그랬을 리가 있나요?"

"이제 고작 메이저리거 3년 차인데 벌써 올챙이 시절을 잊은 거냐?"

"하하하, 난 원래부터 개구리였어요."

"왜, 어머니가 성모 마리아님은 아니었어?"

"미안해요, 제가 잘못했어요."

스트롱 케인이 손을 들었다.

시간이 흐르자 관객들이 경기장으로 입장하기 시작했다. 양 팀의 선수들은 각자 몸을 풀며 시합을 준비했다.

삼열은 더그아웃에서 신시내티 레즈 선수들의 특징을 적어나갔다. 기록이 쌓이면 실력이 된다. 투수에게 기록은 군인의 총과도 같다. 달려드는 적을 향해 죽음의 총알을 선물하는.

드디어 시합이 시작되었다. 열성적인 팬들의 함성이 그레이트 아메리칸 볼 파크를 가득 메웠다.

오늘 경기는 역전에 역전을 거듭하며 이어지고 있어 경기하는 선수들뿐만 아니라 관중도 손에 땀을 쥐고 지켜보았다.

연장 11회 끝에 7 대 8로 홈팀인 신시내티 레즈가 승리했다. 과연 신시내티의 타선은 무서웠다.

4번 타자로 나선 마이클 브루스도 대단했지만 존 보토의 끝내기 홈런은 왜 그가 리그 최고의 선수인지를 알려주는 한

방이었다.

2007년 신시내티 레즈에서 데뷔를 한 보토는 2008년부터 내셔널 리그의 강타자로 군림했다. 2010년에 MVP에 오르면서 거둔 성적은 타율 0.327에, 38홈런, 117타점이었다.

메이저리그의 모든 구단이 그가 FA에 나오기를 기다렸으나 신시내티 레즈가 계약 연장을 하였다. 10년간 2억 2,500만 달러에 달하는 장기계약이었다.

메이저리그 각 구단은 현재 관중의 증가와 방송 중계권 협상을 통해 수입이 증가해 과감한 투자를 할 여력이 생겼다. 그래서 작년에 LA에인절스는 푸홀스를 10년간 2억 5,400만 달러에 영입했다.

뉴욕 양키스는 마크 바이런와 8년간 1억 8,000만 달러에, 보스턴은 애드리안 곤살레스와 7년간 1억 5,400만 달러에 계약했다.

좋은 선수는 별로 없고 간혹 FA로 풀리는 선수들을 원하는 구단은 많다. 그리고 탐욕에 가득 찬 에이전트는 선수들의 가격을 끊임없이 올렸다.

하지만 이것이 꼭 좋은 것만은 아니었다. 푸홀스는 많은 연봉에 대한 부담감과 자신에 대한 세간의 과도한 기대감으로 인해 한때 은퇴를 선언하기도 했다. 물론 해프닝으로 끝나기는 했지만 말이다.

오늘 경기는 신시내티 레즈도 잘했지만 시카고 컵스가 눈부시게 선전했다.

연장 11회까지 가며 숨 막히는 경기를 막판까지 벌였던 것이다. 작년과는 너무도 다른 뜻밖의 결과에 방송 해설자들도 경기 내내 연신 놀라움을 표하곤 했다. 1년 사이에 시카고 컵스의 체질이 완벽하게 바뀐 것이다.

열한 시가 넘어서야 끝난 경기에 컵스의 선수들은 파김치가 되었다. 삼열은 수고했다며 이들을 칭찬했다.

"헤이, 가이스. 굉장했어. 원더풀."

어깨가 축 처진 선수들은 삼열의 말에 귀를 쫑긋 세웠다. 이런 말을 할 놈이 아닌데 오늘은 이상했다. 어쨌든 경기는 졌지만 팀 분위기는 나쁘지 않았다.

"언제나 성공만 할 수는 없어. 성공하기 위해 최선을 다했으면 돼. 하지만 다음 경기에서도 지면 나와 같이 훈련할 수 있도록 감독님께 건의할 거야."

"오 마이 갓."

"노노노, 절대 안 돼."

"지저스 크라이스트!"

"결국 이따위 말을 하는 게 저 녀석 답지."

피곤에 지친 선수들은 삼열의 말에 몸까지 부르르 떨면서 욕을 했다. 온갖 상욕을 해댔지만 삼열은 들은 체도 하지 않았다.

"난 내가 하는 경기에서 지면 훈련량을 두 배로 늘릴 거야."

"그, 그게 어떻게 가능해? 지금도 눈만 뜨면 연습하면서."

"잠도 안 잔다는 거지. 경기에서 지면 억울해서 난 못 자."

"오 마이 갓!"

선수들은 말도 안 된다는 것을 알면서도 100만 분의 1의 확률로 감독이 그런 결정을 한다면 정말 큰일이라고 생각했다.

"만약 그렇게 된다면 난 너에게 결투를 신청할 거다."

"얼마든지 받아주마."

"우리 모두 다 너에게 결투 신청을 할 거다."

"댓츠 오케이."

"우리 모두인데?"

"난 하루에 못 끝내면 다음 날, 그다음 날, 그리고 그 그다음 날에도 계속할 수 있어. 내가 등판하는 날만 빼고."

"젠장. 얘들아, 차라리 내일 이기는 게 편하겠다."

"쳇, 그게 낫겠네."

"우리 내일 반드시 이기자고."

삼열의 말이 엉터리라는 것을 알면서도 선수들은 혹시나 해서 마음을 졸였다. 꼭 그래서만이 아니라 경기에서 이기면 당연히 기분도 좋아지니 한번 해보기로 했다.

"승리를 위해!"

"승리를 위해!"

"그게 아냐. 자, 다시 따라 해. 파워 업!"

"젠장, 그걸 우리한테도 강요하냐? 우리가 애냐?"

"하지 말든지. 난 그렇게 하면 힘이 나던데."

"파, 파워 업!"

몇 명이 삼열을 따라 파워업을 외쳤다.

"그렇게 하면 힘이 생긴다 말겠다. 힘차게, 행복하게 파워 업!"

"파워 업!"

"파워 업!"

삼열이 먼저 숙소로 들어가자 남은 선수들이 모여 웃었다. 삼열이 하는 짓이 귀여웠다. 시카고 컵스의 문제점은 지난 100년의 실패로 인해 팀 분위기가 지극히 소극적으로 변한 것이었다.

이런 상황에서는 삼열 같은 캐릭터가 팀에 꼭 필요했다. 그래서 선수들은 조금 무례한 삼열의 말에도 웃으며 넘어가 주었던 것이다.

삼열과 같은 나이의 스트롱 케인은 뛰어난 유격수이지만 팀에 미치는 영향은 미미했다. 그는 같은 도미니카 공화국의 선수들과 어울려 이야기는 하지만, 대부분의 선수와는 아직도 서먹하게 지내고 있었다.

"우리 막내가 저렇게 원하니 한번 해보자고. 그리고 우리도 승리를 원하잖아."

"물론이지. 그의 말대로 염소의 저주 운운하는 것 자체가 말도 안 돼. 샘 지아니스가 선지자도 아닌데 어떻게 저주를 내릴 수 있겠어."

삼열은 틈만 나면 염소의 저주를 애기하는 사람들은 바보 멍텅구리라고 했다. 그의 말은 맞았지만 그동안 당한 게 많다 보니 그들도 체념하고 있었다.

그런데 지금은 이 맹랑하고 엉뚱한 녀석이 하는 말을 들을 수밖에 없는 이유가 있다.

그것은 삼열의 의지였다. 승리에 대한 의지. 삼열에게는 그 누구보다도 강렬한 승리에 대한 갈망과 의지가 있었다. 그리고 그것은 그의 훈련량으로 나타났다.

"그래. 가자, 승리를 향해. 우리 모두 파워 업을 하면서."

가장 고참인 레리 핀처가 외쳤다. 그 역시 그동안 슬럼프에 빠져있었다. 받는 연봉에 비해 성적이 너무 나오지 않아 그동안 굉장한 스트레스를 받아왔었다.

연봉을 많이 받는 게 꼭 좋은 것은 아니다. 많이 받으면 그만한 역할을 기대하기 때문이다. 구단도 그렇고 심지어 팬들조차 이전과는 다르게 그를 바라보았다. 그래서 전보다 조금이라도 못하면 슬럼프다, 기량이 떨어졌다는 등의 말을 쉽게 한다.

팀 동료조차 자신의 연봉과 비교한다는 것도 그의 마음을 불편하게 했다. 그러나 지금은 할 수 있을 것 같았다. 저 귀여운 녀석을 따라가면 될 것이라는 확신이 들었다.

삼열의 괴팍한 성격과 기행이 팀에서 그동안 용납되었던 것은 레리 핀처와 라이언 호크 같은 고참 선수들의 암묵적인 지지가 있었기 때문에 가능한 것이었다.

"자, 내일 반드시 승리하기 위해 오늘은 빨리 들어가서 자자."

경기가 끝난 이런 날은 보통 모여서 맥주를 가볍게 하곤 했는데 오늘은 전혀 그럴 분위기가 아니었다.

다음 날 컵스의 선수들은 이른 아침부터 모여 훈련을 했다. 삼열의 말이 아니라도 한번 해보자는 분위기가 형성되어 있었다.

2003년 마크 프라이어가 챔피언십 6차전에서 '바트만의 파울 볼 사건'으로 7회까지 무실점으로 호투하다가 이후에 경기를 망쳤다.

8회에 플로리다 말린스의 루이스 카스티요가 때린 타구가 좌측 펜스로 날아가는 파울 볼을 관중석에 있던 스티브 바트만이라는 사람이 낚아채 버렸다. 파울성 플라이볼이 될 공이 파울이 되었다. 이때까지 컵스는 월드시리즈까지 단 5개의 아웃카운트만 남았었다.

그러자 그때까지 호투하던 마크 프라이어가 무너지면서 8회에만 무려 8실점을 했다.

이로써 사람들은 염소의 저주를 믿게 되었다.

해도 안 되는구나, 안 되는 것은 어쩔 수 없구나, 하고. 팬들의 사랑과 열망을 알면서도 저주라는 커다란 이름 앞에 시카고 컵스는 너무나 무기력해졌다.

"한번 해보자. 안 되면 될 때까지 우리가 자진해서 연습하도록 하자."

매튜 뉴먼이 말하자 다른 선수들도 고개를 끄덕였다. 메이저리그에서 뛰는 선수들은 대부분 야구에 천재적 재능을 가진 사람들이다. 전 세계 야구 선수 중 오직 750명만이 정규 등록 선수가 되어 무대를 밟을 수 있다.

그러나 그런 행운아들이 상대해야 하는 상대 역시 비슷한 재능을 가진 선수들이다. 그러니 메이저리그에서 살아남으려면 남보다 연습을 더 많이 하는 수밖에 없다.

삼열이 아침에 연습장에 가보니 이미 선수들이 나와 연습을 하고 있었다. 이런 일은 그가 시카고 컵스에 온 이래 처음 있는 일이었다. 오직 로버트만이 그보다 빨리 나오는 날이 있었을 뿐이다.

선수들은 몸을 풀며 훈련을 했다. 연습량은 평소와 같았지만 임하는 자세가 달랐다. 그들은 마음을 갈고 굳은 의지로 집중력을 불태웠다.

"이상한데?"

삼열이 고개를 갸웃거렸지만 선수들은 그런 그를 흘깃 쳐다보고는 묵묵히 연습할 뿐이었다.

*　　　　*　　　　*

신시내티 레즈와의 원정 2차전.

경기가 시작되기 바로 전에 시카고 컵스 선수들이 그라운드에서 둥글게 모여 외쳤다.

"파워 업!"

한목소리로 힘차게 외치자 관중석에서도 파워 업을 따라 하는 사람들이 있었다. 그것은 신시내티 레즈의 팬들조차 그러했다. 그들은 아이들과 같이 온 부모들이었다.

신시내티의 강타자들은 어제와 같이 맹타를 휘둘렀지만 시카고 컵스의 수비진들이 철벽 방어를 했다. 그리고 공격에서의 응집력은 놀라울 정도였다.

선두 타자가 진루하면 후속 타자들은 어떠한 일이 있어도 득점과 연결시키곤 했다. 심지어 중심 타자조차 필요하다면 번트를 마다하지 않을 정도였다.

"저것들이 단체로 약을 먹었나?"

베일 카르도 감독도 선수들의 분발에 감동했다. 메이저리그 그의 중심 타자들이 자기 스스로 번트를 시도하다니, 있을 수 없는 일이었다.

결국 이날 시카고 컵스는 제2의 페드로 마르티네즈라는 별명을 가진 존 쿠애토를 상대로 승리를 거머쥐었다. 95마일의 패스트볼도, 날카롭게 휘어져 들어오는 슬라이더도 컵스 선수들을 막지 못했다.

이날 라이언 호크는 2승째를 거두었다. 그가 신시내티 강타자들을 상대로 내준 점수는 단 2점에 불과했다.

이날의 승리로 우승을 향한 시카고 컵스 선수들의 강렬한 의지에 불이 붙었다.

삼열이 말한 대로 월드 시리즈에 못 간 것은 저주 때문이 아니라 실력 탓이고 의지의 박약 때문이라고 선수들은 생각하기 시작했다.

시카고 컵스에 서서히 바람이 불어오고 있었다. 메이저리그를 강타할 충격의 바람이.

"으하하하, 승리다."

"당연한 거 아냐? 아우, 피곤해 죽겠네. 너무 집중했더니…
그래도 기분은 좋아."

"삼열 강, 봤냐? 오늘도 나는 안타를 두 개나 쳤지."

"그레이트! 대단했다. 우리가 그 유명한 존 쿠에토에게 엿을
먹일 줄이야. 기분 좋다."

라커룸에 모인 선수들이 모두 기분 좋게 떠들었다.

삼열도 오늘 경기에서 컵스가 이겨 기분이 좋았다. 이렇게
이겨놓으면 자신이 공을 던질 때는 더 쉬워진다.

이런 구기 종목은 한 번 분위기가 업되면 한동안 가는 특
징이 있다.

오늘은 모처럼 베일 카르도 감독이 라커룸에 들어와 선수
들을 격려하였다.

특히 레리 핀처가 번트를 댄 것에는 그도 상당히 놀랐다.
그는 무려 1,900만 달러의 사나이다. 그런 그가 번트를 대다
니. 게다가 승패가 결정된 이후이기는 했지만 홈런을 치기까
지 하였다.

"오늘 수고 많았다. 내일 경기마저 부수고 기분 좋게 다음
원정을 떠나도록 하자."

"네, 감독님."

"우리도 원합니다."

"그럼요. 그렇고말고요."

선수들은 아홉 시밖에 안 되었지만 어제 연장 혈투를 벌인 탓에 피곤함을 느꼈다. 몇몇은 남아서 맥주 한잔을 했지만 대부분 일찍 침대로 향했다.

승리의 달콤함은 사람을 행복하게 한다. 그리고 이런 단체 경기는 그 기쁨을 증폭시킨다. 삼열은 샤워하고 나와 호텔 창밖을 내다봤다. 짙푸른 어둠이 서쪽 하늘에서부터 몰려오고 있었다.

발코니로 나가보니 바람이 서늘하게 불어왔다. 바람은 지나가면서 습한 기운을 주위에 뿌리고 다녔다. 비가 올 모양이었다.

삼열은 원정경기에서는 운동을 제대로 할 수가 없다는 것을 깨달았다. 그래서 맨손으로 할 수 있는 운동 위주로 대체하였다. 팔굽혀펴기와 물구나무서기를 하고서 몸을 부드럽게 풀어주는 스트레칭을 했다.

그리고 아주 느리게 투구 연습을 했다.

중국의 공원에서 노인들이 하는 태극권보다도 더 느리게 하나의 동작을 끊어서 살피며 공을 던진다. 그리고 그보다 아주 조금 빠르게 하고 점점 속도를 높여 마운드에서 하는 것과 동일하게 했다. 이런 훈련법은 투구폼을 안정시키는 데 매우 도움이 된다.

몸으로 하는 운동은 대단히 정직하여 연습하는 것만큼 몸이 발전한다. 비록 그 순간에는 느끼지 못해도 조금씩 쌓이면 누구라도 느낄 수 있게 된다. 그렇다고 하더라도 좋은 스승을 만나 효과적인 훈련을 하는 것은 참으로 중요하다.

재능이 비슷한 두 아이가 바이올린을 배우는데 한 명은 동네 학원에서, 다른 한 명은 유명한 대학 교수에게 배웠다.

처음에는 차이가 나지 않았지만 나중에는 전혀 다른 결과가 나왔다. 교수에게 배운 아이가 연주하는 바이올린은 악기를 바꿨나 할 정도로 풍부한 소리를 냈지만 다른 한 아이는 기교만 늘었다.

악기를 다룰 때는 그것에 익숙해지면서 악기가 낼 수 있는 고유의 음색을 파악하는 것이 중요하다. 단지 악보를 보고 연주만 하는 것이 중요한 게 아니라는 말이다.

운동은 몸을 악기로 만드는 작업. 스포츠란 몸을 가지고 연주하는 것을 관객에게 보이는 것이다. 그래서 선수들은 자신의 몸이 내는 독특한 음색을 알아야 한다.

삼열은 일찍이 야구의 기초를 명가의 스승에게 배웠다. 대한민국 최고의 좌완이었던 이상영에게 배운 것이다. 투수 코치가 없었던 대광고의 열악한 환경이 오히려 삼열에게는 좋은 기회가 되었다. 학교에 투수 코치가 있었다면 삼열은 이상영을 만나지 못했을 것이다.

그리고 스콧제임스에게 컷 패스트볼을 처음으로 배움으로

써 야구에 대한 인식이 넓어졌다. 또 샘 잭슨 투수 코치를 만나 투구폼을 보다 정교하게 교정함으로써 이전보다 더욱 쉽게 강력한 공을 던질 수 있게 되었다.

단지 노력한다고 다 되는 것이 아니라 누구에게 배웠느냐도 중요한 일이다.

다행스럽게 삼열은 모두 최고의 투수 코치에게 ·사사했다. 거기에 엄청난 노력을 쏟아 부어 자신의 둔감한 재능을 천재적 능력으로 바꾸었다.

노력하는 사람만큼 무서운 것은 없다.

한시도 야구공을 놓지 않은 삼열은 시간이 날 때마다 공의 감각을 느끼려고 노력했다. 공이 가지는 탄력, 결의 거침, 실밥의 마모에 따른 감각을 느끼는 것은 경기에 꽤 많은 도움을 준다.

호텔 방에서 연습을 하고 나서 침대에 누우려고 할 때 마침내 비가 쏟아지기 시작했다. 어둠을 뚫고 내리는 빗소리가 흐느끼는 음악 같았다. 삼열은 비를 보기 위해 침대에서 일어나 창가로 다가섰다. 그리고 문득 자신이 가는 방향이 맞는 것인가 생각했다.

"나는 제대로 가고 있는 것이 맞지?"

누구도 대답해 주지 않는 혼잣말이기에 삼열이 대답했다.

"물론이지. 확고한 신념은 노력을 통해 열매를 맺어. 흔들리지 말고 굳세게 나아가도 돼, 삼열아."

그런 뒤 삼열은 빙긋 웃고 잠자리에 들었다.

＊　　　＊　　　＊

3차전은 시카고 컵스의 승리였다. 다비드 위드가 처음으로 승리 투수가 되었다. 지난번 경기에서 그는 제구력 난조로 무너져서 패전 투수가 되고 말았었다.

시합이 끝나자마자 작은 파티가 열렸지만 으레 이런 자리에 참석하지 않는 삼열은 호텔로 먼저 돌아왔다. 강제적인 모임도 아니었고 그 시간에 혼자서 연습할 것을 알기에 아무도 삼열을 잡지 않았다. 프로 선수가 연습하겠다는데 누가 말리겠는가.

시합이 끝난 다음 날 컵스는 같은 중부 지구에 속한 휴스턴 애스트로스가 있는 텍사스 주로 날아갔다. 비행시간만 두 시간이 넘게 걸렸다.

컵스 선수들은 호텔에 도착하자마자 배정받은 자신의 방에 짐을 던져 두고 연습장으로 직행했다. 몸을 풀고 약간의 연습을 하고는 다시 호텔로 돌아와 자유 시간을 가진 뒤 저녁을 먹었다.

그 후 선수들은 바로 자신의 방으로 쉬러 들어갔다. 시합이 바로 내일이었기 때문이다.

휴스턴 애스트로스는 작년에 내셔널 리그 중부 지구에서 시카고 컵스와 꼴찌를 서로 다투던 팀이었다. 결국 두 게임 차로 컵스가 꼴찌를 했지만 휴스턴 애스트로스의 사정도 복잡했다.

세대교체가 아직도 진행 중이라 올해의 시작이 좋지 않았다. 핵심 선수들 대부분이 팀을 떠나갔는데도 새로운 선수 영입이 이루어지지 않았다.

타격과 마운드, 그리고 수비에 구멍이 나서 올해의 성적을 장담하기 어려웠다.

중심 타자 카를로스 얀이 부진에 빠졌고, 빅터 로드리게스와 버나드의 선발진은 그런대로 제 몫을 했지만 형편없는 불펜들이 이들의 승리를 예사로 날려 먹었다.

승리를 낙관하는 매튜 뉴먼를 보며 삼열은 피식 웃었다. 애스트로스가 형편없다고 해도 방심하면 크게 한 방을 맞을 수도 있다.

경기가 시작되었다. 역시 애스트로스는 타격의 응집력이 떨어져서 찬스 때마다 무너지곤 했다. 그 바람에 방심하던 매튜 뉴먼은 6회에 카를로스 얀에게 솔로 홈런을 맞았다.

카를로스 얀의 작년 타율은 0.285로 내려갔지만 이는 상대 팀 투수들이 그와의 승부를 피한 탓이 컸다. 허약한 타자들이 즐비한데 굳이 강타자와 승부를 펼칠 이유가 없었기 때문이다.

공격력이 좋은 팀은 3, 4, 5번 타자들이 모두 한 방을 갖고 있어서 강력한 홈런 타자를 피해갈 수 없다.

예전에 양키스의 베이브 루스가 그토록 많은 홈런을 칠 수 있었던 이유는 그의 뒤에 강타자 루 게릭이 버티고 있었기 때문이다. 베이브 루스 못지않게 장타력을 가진 루 게릭이 4번으로 버티고 있으니 투수는 3번 타자인 베이브 루스를 거를 수가 없었던 것이다.

야구는 혼자 잘한다고 되는 스포츠가 아니다. 만약 카를로스 얀이 신시내티 레즈 같은 팀에서 뛴다면 능히 3할 타율에 100타점 이상을 쳐냈을 것이다.

홈런을 맞은 매튜 뉴먼은 잠시 흔들리는가 싶더니 곧 다시 제구를 찾아갔다. 그리고 결국 컵스가 7 대 2로 이겼다.

휴스턴 애스트로스는 1962년에 창단되어 월드 시리즈 준우승이 최고의 기록이지만 영구 결번이 아홉 명이나 된다. 이는 팀에 헌신적인 선수와 감독 덕분이었다. 전설적인 강속구 투수 놀란 라이언이 마지막 선수 생활을 한 곳이기도 했다.

삼열도 내일 있을 시합에서 무난하게 승리를 할 수 있을 것으로 생각했다. 그는 메이저리그의 두 번째 경기에서 어떠한 경험을 하게 될지 매우 흥분되었다.

경험은 그를 강하게 만들 것이며 시간은 그에게 노련함을 선사해 줄 것이다. 그리고 거기서 얻은 지혜는 그로 하여금 더 좋은 경기를 하게 만들 것이다. 그래서 삼열은 경기가 기다려지곤 했다.

휴스턴 애스트로스의 구장인 미니트 메이드 파크는 코카콜라가 28년간 1억 달러를 지불하면서 자사의 '미니트 메이드'를 광고하기 위해 현재의 이름을 붙인 것이다.

좌측 펜스가 96m로, 114m인 우측 펜스보다 훨씬 짧아 우타자에게 유리하며 중견수 뒤에는 탈스 힐(Tal's Hill)이라고 불리는 경사가 져 있다.

삼열은 이날도 일찍 나와 몸을 풀고는 3루 쪽 관중석으로 가 어린아이들에게 사인을 해주며 이야기를 나눴다. 그때 얼굴이 유독 하얀 금발 소녀가 그의 눈에 들어왔다.

"하이, 반가워."

"저… 나 삼열 강의 팬이에요. 사인 좀 해주세요."

유독 부끄러워하는 소녀에게 삼열은 사인을 해주고 그녀를 칭찬해 주었다. 삼열의 칭찬에 소녀는 창백한 얼굴을 빨갛게 물들이며 부끄러워했다.

그녀의 뒤에는 아버지로 보이는 젊은 남자가 어린 딸을 사랑 가득한 눈으로 바라보고 있었다. 그의 눈빛은 애틋했고 약간 젖어 있었다.

"삼열 강입니다. 만나서 반갑습니다."

"스티브 맥클레인입니다. 제 딸 마리아나에게 사인을 해주셔서 감사합니다."

스티브는 삼열에게 감사를 표하고는 웃으며 말했다.

"딸은 당신의 팬입니다. 당신의 경기를 보고 파워 업을 하면 힘이 난다고 하더군요. 이곳 휴스턴에 당신이 온다는 것을 듣고 우리는 3일 동안이나 기다렸습니다. 마리아나가 당신을 만나서 즐거워하는 것을 보니 아빠로서 감사드리지 않을 수 없군요."

"아, 고맙습니다. 실망시키지 않겠습니다. 구단 홈페이지에 이메일 주소와 집 주소를 가르쳐 주시면 기념품을 보내드리겠습니다."

지금까지 만난 팬 중에서 가장 자신을 좋아하는 아픈 소녀를 보고 삼열은 어떻게든 돕고 싶은 마음이 생겼다.

"헤이, 마리아나."

"네, 삼열 오빠."

"너를 위해 오늘 멋지게 던질게."

"고마워요."

소녀가 다시 얼굴을 붉히며 대답했다. 삼열은 아이들을 보며 외쳤다.

"자, 우리가 외치는 게 있지? 행복하고 즐겁게 외치는 거야. 어떻게?"

"행복하고 즐겁게!"

"자, 그럼 파워 업!"

"파워 업!"

"파워 업~!"

삼열은 아이들에게 똑같이 이야기하고 돌아왔다. 하지만 가슴에는 유독 마리아나의 창백한 얼굴과 기뻐하는 모습이 남았다.

그래서인지 이상하게 가슴이 먹먹했다. 어린아이가 아픈 것을 보니 남의 일 같지가 않았다.

그도 루게릭병을 앓았고 지금도 완전히 낫지 않았다. 다만 미카엘이 준 신성석과 심장에 심어진 불꽃이 그를 정상인으로 생활하게 해줬을 뿐이었다.

삼열은 주먹을 불끈 쥐었다. 아이들을 이용할 수는 있지만 아픈 아이에게는 그렇게 할 수는 없다. 그건 최소한의 양심의 문제.

삼열은 오늘 반드시 이기리라고 결심했다. 처음으로 자신이 아닌 다른 사람을 위해 경기를 하기로 마음먹었다.

'마리아나의 건강에 아주 조금이라도 도움이 된다면 반드

시 이겨야지.'

그는 비장한 표정을 지었다.

경기가 시작되었다. 어제에 이어 오늘도 시카고 컵스는 활기차게 공격을 시도했다. 1번 타자 짐 캐서가 안타를 치고 나갔고 2번 타자 스트롱 케인이 찬스를 놓치지 않고 우중간을 가르는 안타를 쳤다.

발이 빠른 짐 캐서가 잠깐 사이에 3루까지 나갔다. 3번 타자 이안 벅스가 파울 플라이로 아웃되면서 원 아웃에 1, 3루가 되었다.

4번 타자 레리 핀처가 밋밋하게 들어오는 변화구를 노리고 힘껏 배트를 휘둘렀다.

딱.

맞는 소리가 경쾌하게 들려왔다. 사람들은 모두 홈런일 거라 생각했다. 하지만 미니트 메이드 파크는 중앙 펜스까지가 133m로 굉장히 깊었다. 중견수가 뛰어가 탈스 힐 앞에서 공을 잡았다.

굉장히 멋진 수비였다. 특히 중앙 펜스 바로 앞에 있는 탈스 힐의 경사는 상당하다.

휴스턴 애스트로스의 중견수 제드 라우는 어제 홈런을 친 경험이 있는 레리 핀처를 의식하여 깊숙이 수비를 했는데 그덕에 홈런성 타구를 잡을 수 있었다.

레리 핀처는 1루로 뛰어가다 외야 플라이로 아웃이 되자 어이가 없는지 씨익 웃고는 더그아웃으로 들어왔다. 그사이 3루 주자가 홈 베이스를 밟았다. 이후 5번 타자 존 마크가 투수 앞 땅볼로 아웃되면서 1회 초가 끝났다.

삼열은 천천히 마운드로 가면서 자기 암시를 했다. 이 경기는 반드시 이길 것이며 유쾌한 결과를 만들겠다고. 그러기 위해서는 초반에 애스트로스 선수들을 완벽하게 제압해야 한다.

"자, 가자. 나의 파워 업. 이번 시합은 마리아나를 위해 던진다. 울트라 파워 업!"

삼열은 작은 소리로 중얼거리며 힘차게 공을 던졌다. 공이 빛살처럼 날아갔다.

펑.

"스트라이크."

상대 타자는 삼열을 쳐다보고 포수의 미트에 박힌 공을 연달아 바라보았다. 그의 얼굴에는 이런 공을 던지는 투수가 왜 4선발이냐는, 의아한 표정이었다.

2구는 바깥쪽으로 빠지는 투심 패스트볼이었다. 타자가 배트를 휘둘렀다.

딱.

배트에 맞은 공이 데굴데굴 굴러 2루 근처로 지나가자 로버트가 바람같이 나타나 공을 낚아채 1루로 던졌다. 그림 같은 수비였다.

'쳇, 자식이 잘난 체하기는.'

삼열은 공을 잡아 타자를 아웃시키고는 자기를 보며 웃는 로버트의 얄미운 표정을 보고는 한 대 때려주고 싶은 마음이 들었다.

삼열은 2번 타자를 외야 플라이로, 3번 타자는 삼진으로 잡아냈다. 그리고 더그아웃으로 들어가면서 3루를 보고 손을 흔들었다. 그러자 3루 쪽 관중석에 있던 아이들이 그를 보며 파워 업을 외쳤다.

아까 삼열이 3루 쪽에 있던 꼬맹이들에게 말했었다. 너희들을 위해서 꼭 이기겠다고.

사실 그때는 자신을 위해 이길 생각이었다. 하지만 이제는 바뀌었다. 그는 자신의 말과 행동이 어린아이들에게 꿈과 희망을 준다고 생각하며 결심했다. 이제부터 진짜로 아이들을 좋아하기로.

컵스의 공격은 로버트부터였다. 로버트는 타석에 서서 배트를 곧추세웠다. 그는 배트를 거의 90도에 가깝게 직각으로 세워서 친다. 마치 날선 검을 마주 보는 것 같은 느낌이 들게 하는 자세였다.

딱.

삼열은 소리를 듣자마자 인상을 구겼다.

'아, 저 밉살스러운 놈이 홈런을 쳤군.'

좌측 펜스가 가까워 타구가 홈런이 되고 말았다. 다른 구장이면 외야 플라이로 잡힐 공이었다.

이후에 7번과 8번 타자가 아웃되고 마지막으로 삼열이 타석에 들어섰다.

'영양가 없는 9번 타자이지만 오늘은 진지하게 해보자.'

삼열은 투수를 노려보았다. 투수가 던진 공이 무척이나 선명하게 눈에 들어왔다.

딱.

삼열은 배트로 투수의 공을 받아치자마자 그 자리에서 살짝 뛰었다.

공은 로버트가 날린 것과 마찬가지로 우측 담장으로 가볍게 넘어갔다. 삼열은 메이저리그에서 처음 친 홈런을 보고 기뻐서 작게 소리를 질렀다.

"올레!"

그는 3루를 돌면서 손을 살짝 흔들었다. 아이들과 컵스의 팬들이 삼열에게 박수를 쳐 주었다. 홈을 밟고 더그아웃으로 들어가면서 그는 로버트에게 한마디 하는 것을 잊지 않았다.

"홈런이 뭐가 대단하냐? 투수도 이렇게 손가락 하나로도 칠 수 있는 게 홈런인데."

삼열은 로버트를 향해 말했지만 옆에서 듣던 선수들이 인상을 찡그렸다. 투수가 어쩌다 홈런 하나 치고 무슨 잘난 척을 저렇게 하느냐는 얼굴들이었다.

다음 타자가 3루 직선타로 아웃되면서 공수가 교체되었다.

삼열은 마운드에서 자신만만하게 공을 던졌다. 그러나 던지고 나서 얼굴이 바로 굳었다. 공이 손을 떠나면서 손가락에 걸리지 않아 회전이 제대로 먹히지 않았던 것이다.

딱.

공이 1루 쪽 폴대에서 약간 안쪽으로 넘어갔다. 삼열은 호흡을 가다듬었다. 애초에 노히트 노런이나 퍼펙트게임은 생각하지도 않았다.

아까웠지만 조금 전 자신이 홈런으로 얻은 점수를 홈런으로 잃어버린 것으로 여기고 넘어가기로 했다.

"괜찮아. 홈런이란 언제든지 맞을 수 있는 거야. 파워 업을 해야지. 울트라 파워 업!"

"파워 업!"

아이들도 삼열의 자세를 보고는 소리쳤다. 아이들은 오늘 삼열이 자신들을 위해 꼭 이기겠다고 했던 말에 그를 열렬하게 응원하고 있었다.

아이들이 깡충깡충 뛰면서까지 응원을 하자 어른들은 당황하였다.

단지 인기를 얻기 위해 삼열이 시작했던 것이 팬과 선수가 하나 되게 하는 멋진 퍼포먼스로 바뀌게 되었다.

4. 메이저리그의 별종 II

　홈런을 맞은 삼열은 정신을 바짝 차렸다. 여기는 메이저리그. 아무리 약한 팀이라도 언제든지 날릴 수 있는 한 방을 가진 선수들이 즐비했다. 게다가 홈런을 친 선수는 어제도 홈런을 날렸던 카를로스 얀였다.

　삼열은 한숨을 쉬었다. 중심 타자에게 방심해서 홈런을 맞다니. 투수로서 홈런을 쳤다는 들뜬 감정이 잠시 그의 이성을 가린 탓이었다. 삼열은 입술을 깨물고 다시 경기에 집중했다.

　"이제 그 누구도 나의 공을 칠 수 없어. 난 이 공간을 지배하는 마운드의 왕이다. 가자! 그리고 나의 능력을 보여주자."

삼열은 작은 소리로 중얼거리며 더욱 집중하며 공을 던졌다. 이후로 그는 세 명의 타자를 모두 삼진으로 잡아냈다. 두 명은 3구 삼진, 한 명은 4구 만의 삼진이었다. 2회 말에 맞은 홈런으로 삼열은 정신을 차렸다. 뜨거운 피가 온몸을 돌아다니며 그의 감각을 깨웠다.

더그아웃에 들어와 쉬는데 관중석에서 몇 명이 뛰어다니는 것이 보였다. 그중 한 명은 시카고 컵스의 티를 입고 모자를 쓰고 있었다. 그들은 끊임없이 관중석을 뛰어다녔다.

"쟤네들은 뭐야?"

"아, 볼호크(Ballhawk)네."

"볼호크?"

"응, 공을 낚아채는 사람들 말야. 그리고 저 사람은 바로 유명한 공 사냥꾼 잭 햄플이야. 그는 2년 전에 한 경기에서 파울 볼을 세 개나 잡아서 TV에 나왔는데 지금까지 메이저리그의 공을 5,200개 이상 낚아챘어."

"정말?"

"나름 유명한 사람이야. 책도 세 권이나 썼거든. 아마 배리 본즈의 724호 홈런 공을 잡은 것도 그일 거야. 너희 나라 찬호 박이 던진 공이었지. 그리고 그는 꽤나 정직해. 정확한 파울 볼이나 홈런 볼만 잡으니까. 야구를 사랑하는 것은 어지간한 선수보다 나아."

"너보다 낫네."

"갓 댐. 너의 그 말은 정말 재수 없군."

다비드 위드가 삼열을 보고 한마디 했다. 삼열은 그런 그를 보고 하하 웃었다. 그 모습이 더 밉게 보여 순간 위드는 주먹을 쥐었다가 풀었다.

공 사냥꾼 잭 햄플이 쓴 『야구를 영리하게 보는 법』과 『야구 교과서』는 스포츠 분야 베스트셀러다. 12세에 야구공을 처음 수집한 이래 그는 697경기 연속으로 공을 잡은 진기록도 가지고 있다.

그는 대학에서 야구 선수를 하기도 했으나 메이저리그로 진출하지 못할 것을 알고 방향을 돌려 야구공 수집가가 되었다고 한다. 그가 이렇게 많은 공을 잡을 수 있었던 것은 메이저리그 구장의 특징과 투수, 타자를 정밀하게 분석하였기 때문에 가능한 것이었다.

"호오, 나랑 비슷한 사람이네."

"잭 햄플은 매너가 좋아. 너와는 완전 다르지."

"쩝."

삼열은 잭 햄플의 이야기를 듣고 귀가 솔깃했다. 그가 집념의 사나이인 것은 확실한 것 같았다. 공 하나를 잡으려고 메이저리그 30개 구단의 타자를 분석하여 데이터를 쌓아 놓았다니.

'뭐, 나도 천천히 적다 보면 언젠가 완성이 되겠지. 그러고 보니 나도 그동안 기록한 것을 데이터베이스화 해놔야겠군.'

정보가 곧 힘이고 돈이 된다는 생각에 삼열은 머릿속으로 어떻게 정리를 할 것인가를 구상했다.

"이봐, 뭐 해? 공수가 바뀌었어."

"벌써?"

"뭐가 벌써야. 딴생각에 빠졌던 주제에."

"커험험… 자, 그럼 나는 간다."

삼열은 마운드로 올라갔다. 전광판을 보니 컵스가 또 점수를 얻어 4 : 1이었다.

'흠, 이제 다시 천천히 해도 되겠네.'

삼열은 다시 맞혀 잡는 공을 던지기 시작했다. 하지만 아까처럼 방심하지는 않았다. 포심 패스트볼, 투심 패스트볼, 컷 패스트볼을 섞어 던지면서 간간이 체인지업도 던졌다.

모두 같은 투구폼으로 던지는 것이라 타자들은 속수무책으로 당했다. 특히 삼열이 포심 패스트볼의 구속을 조금 낮춰서 던졌기에 컷 패스트볼과 별 차이가 없게 되자 난공불락의 공이 되어버렸다.

4회 초가 되어 삼열은 투 아웃에 타석에 들어섰다. 그런데 자신을 바라보는 투수의 표정이 이상야릇하였다.

'뭐지?'

순간 삼열을 향해 빠른 직구가 날아왔다. 느낌이 이상하여 조금 경계를 하고 있었지만 이렇게 초구에 빈볼이 날아올 줄 몰랐던 터라 삼열은 급히 배트로 막았다. 무협의 초절정 고수가 일도양단의 자세로 검을 휘두르듯 오직 공에 맞지 않기 위해 번개같이 휘둘렀다.

딱.

데굴데굴.

투수도 삼열의 무식한 방어에 당황했는지 공을 잡지 못하였고 삼열은 아예 뛰지를 않았다. 투수가 움직이지 않자 3루수가 뛰어나와 공을 잡아 1루로 던졌다. 삼열은 투수를 바라보며 빙그레 웃었다. 그리고 공수 교대로 들어가는 상대편 포수에게 조용히 말했다.

"헤이, 나이스한 너희 투수에게 내 공이 더 빠르다고 전해 줘."

그러고는 피식 웃으며 더그아웃으로 들어가 수비 준비를 했다. 어떤 의미로 상대 투수가 자신에게 히트 바이 어 피치드 볼을 던졌는지 모르지만 사람을 잘못 봐도 단단히 잘못 본 것이다.

삼열은 마운드에 올라 힘을 빼고 던졌다. 제대로 던지면 타자가 죽을지도 모르는 일이었다.

컥.

타격을 시도하려던 타자가 비명을 지르고 주저앉았다. 어깨에 공을 맞은 것이다. 삼열은 깜짝 놀란 표정과 미안하다는 제스처를 취했다. 애스트로스의 포수 제이슨 와튼이 주심에게 항의하였지만 받아들여지지 않았다.

호세 마리오 주심은 삼열이 아까 빈볼성 볼에 맞을 뻔하였지만 일체의 감정적 대응을 하지 않고 차분했던 것을 기억하고는 기각했다. 삼열이 감정적으로 맞대응을 한 것이라고 보지 않은 것이다.

다음 타선은 8번 타자 제이슨 와튼이었다. 제이슨 와튼는 의심이 가득한 눈초리로 삼열을 바라보았다. 그의 머릿속에 내 공이 더 빠르다고 전해달라던 상대 투수의 장난기 가득한 말투가 떠올랐다. 1루에 진루한 제드 벤트리가 어깨를 감싸고 얼굴을 찡그리고 있는 것이 보였다.

삼열의 공은 도저히 칠 수 없게 들어왔다. 너무 높거나 낮았다.

심지어 폭투성으로 보이는 공까지 있었지만 포수 스티브 칼스버그가 몸으로 막고 급히 2루를 견제하는 동작을 취하자 2루로 뛰려고 했던 제드 벤트리는 움찔거리며 뛰지 못했다.

전형적인 제구력 난조로 보였다. 공이 너무 높거나 낮게 들어왔던 것이다. 제이슨 와튼은 스리 볼 원 스트라이크라 하나를 지켜보기로 했다. 지금같이 제구가 난조에 빠졌을 때는 공이 정직하게 가운데로 들어오지 않으면 치기가 오히려 힘들었다.

상대 투수가 공을 던졌다. 그리고 그는 갑자기 엄청난 통증을 엉덩이에서 느꼈다. 삼열이 미안하다는 표정을 지으며 오른손으로 이마의 땀을 닦는 시늉을 했다.

제이슨 와튼은 일어나 마운드로 뛰어갔다. 뛰면서도 다리가 움찔거렸지만 타오르는 분노가 사그라지지는 않았다. 그가 아픔을 참고 마운드로 돌진하자 양쪽 더그아웃에서 모두 뛰어나오려고 준비를 했다. 그러나 다음 순간, 모두 선수들은 그 자리에 멈추어 서서 멍하니 있을 수밖에 없었다.

삼열이 엄청난 속도로 도망을 가버린 것이다. 제이슨 와튼조차 그 자리에 멈췄다. 일찍이 이런 경우는 없었다. 뭐 이런 일이 다 있단 말인가?

제이슨 와튼은 엉덩이의 통증도 잊고 중견수 뒤로 도망가 자기를 바라보는 삼열을 쳐다보았다. 기가 막혔다. 그가 마운드 쪽에서 내려오지 않자 주심이 올라와 제이슨 와튼에게 경고를 했다. 삼열은 탈스 힐에서 그 모습을 그대로 지켜보고 있었다.

이런 일이 벌어졌지만, 시카고 컵스의 선수들은 당황하지 않았다. 컵스의 선수들이야 삼열이 원래 이런 놈인 것을 잘 알고 있었기 때문이다.

"헤이, 겁쟁이. 너의 오늘 볼은 형편없잖아."

관중 하나가 삼열을 조롱하였다. 그러자 삼열은 그에게 말했다.

"네가 응원하는 애스트로스는 나의 그런 형편없는 볼에도 쩔쩔매고 있지."

"갓 댐. 이 빌어먹을 놈아, 닥쳐."

"네, 닥쳐 드리지요."

삼열은 자리를 이동하여 아이들과 이야기를 했다. 주심이 돌아오라는 액션을 취하자 그는 다시 마운드로 돌아갔다.

주심은 삼열에게 자리 이탈을 이유로 경고를 주었다. 다시 한 번 더 자리를 이탈하면 퇴장시킨다는 말도 했다. 삼열은 고개를 끄덕여 자신의 잘못을 순순히 인정했다.

삼열의 공은 여전히 불안정했지만 나머지 타자를 진루시키지 않고 무실점으로 이닝을 마쳤다.

―아, 자니 메카인 해설 위원. 이런 경우는 없었죠?

―네, 실제로 투수가 실랑이를 피하기 위해 자리를 조금 이동하는 경우는 적지 않지만 저렇게 줄행랑을 놓는 경우는 없지요.

―주심이 경고를 주는 것 같은데요, 어떻게 보시나요?

―경기가 인플레이 상황이 아니었고 고의로 자리를 이탈한

것이 아니라 싸움을 피하기 위해서 그렇게 한 것이니 뭐라고 하기는 어려웠겠죠. 오히려 주심이 돌아오라는 제스처에 아이들과 이야기하다가 늦게 반응한 것이 경고감입니다. 고의로 경기를 지연시키는 비매너 행위에 해당하니까요.

—하하, 이거 뭐 어쨌든 전대미문의 일이 벌어졌습니다. 연속으로 두 타자를 히트 바이 어 피치드 볼로 진루시킨 것도 흔하지 않은데 투수가 도망을 가다니요.

—어떻게 보면 비겁한 행동으로 볼 수 있겠죠. 하지만 삼열 강 선수는 어린아이들을 매우 좋아하는 것으로 알려져 있습니다. 아마도 아이에게 난투극을 보여주기 싫어서 그랬을 것입니다.

—중계하는 우리도 당황스러운데, 관중들도 상당히 당혹스러웠을 것입니다. 이런 일은 매우 이례적인 일입니다.

—없었죠. 메이저리그에서 살아남기 위해서는 강한 모습을 어필해야 하는데 저렇게 도망가는 모습을 보여주면 사람들에게 무시를 당하게 되니까요. 그나저나 시카고 컵스의 선수들은 상당히 의연한데요. 의외로군요.

—들리는 말에 의하면 컵스 내에서 삼열 강은 악동이라고 합니다. 그래서 어지간한 행동으로는 컵스 선수들에게 충격을 주지 못한 것이겠지요.

—아, 그렇군요. 재미있는 일입니다. 경기가 끝나면 기자들

이 벌 떼처럼 몰려들어 취재하려고 하겠는데요.

　―그렇죠. 우리도 달려가서 취재해야겠군요. 그나저나 애스트로스 측 방송국에서는 엄청나게 삼열 강의 행동을 비난하겠는데요.

　―그렇겠죠. 아마 삼열 강 선수가 저렇게 행동한 이유가 있었을 것입니다.

　다음 선수들은 모두 삼진으로 아웃되었다.

　삼열이 더그아웃에 들어오자 선수들이 그를 괴물 보듯 했다.

　"야, 너 일부러 빈볼 던진 거지?"

　"아니, 난 그렇게 속이 좁지 않아. 단지 내 손가락이 화가 났을 뿐이라고."

　"그러면 그렇지. 저놈이 제구력이 얼마나 정확한 놈인데 연달아 두 명한테나 몸에 맞는 공을 던졌겠어. 아까 몸에 맞을 뻔했던 공 때문에 그런 거겠지."

　"그것은 당연히 보복해야 하는 거야. 상대 투수도 일부러 빈볼을 던졌으니까."

　"하하, 그나저나 그 상대 투수가 겁났는지 홈 플레이트에서 멀찍이 떨어져 그냥 서서 삼진 당한 것 봤지?"

　"하하, 진짜 겁쟁이는 따로 있었군."

"어이, 파워 업 맨. 잘했다. 난 너 때문에 몸싸움할 준비를 하고 있었는데 너만 경고를 받고 그냥 넘어갔으니 경기를 위해서는 괜찮은 일이지. 어차피 우리가 이기고 있는 경기니까."

노아웃 1, 2루 상황에서 9번 타자로 타석에 들어선 후안 이드로 투수는 공 두 개가 스트라이크 존을 한참 벗어나 들어오자 위협을 느끼고 타격 자세만 취하고는 곧바로 뒤로 물러났다. 왜냐하면 1루에 진루한 제이슨 와튼이 결국 통증 호소로 교체된 것을 보았기 때문이다.

오늘 있었던 일은 메이저리그 진기명기로 전 세계의 전파를 탔다. 비겁한 행동을 했다고 비난받던 삼열은 경기가 끝난 후 그의 인터뷰가 방송되자 전 세계인의 사랑을 받게 되었다.

—나는 오늘 어린이 팬들을 위해 승리하기로 약속했다. 비록 폭투로 경기가 매끄럽지 못했지만 아이들 앞에서 싸우는 모습을 보여주고 싶지 않았다. 물론 내 성격이 거칠고 막무가내인 것은 잘 알고 있다. 하지만 경기장 안에서만큼은 아이들에게 부끄러운 폭력 선수가 되고 싶지는 않다. 그러나 정말 그가 그런 것을 원한다면 제이슨 와튼에게 결투를 신청한다. 링 위에서라면 3박 4일도 받아주겠다. 난 절대 물러서는 성격이 아니다. 와라, 싸우자고 하면 난 싸울 것이다.

경기장에서 주먹질하는 것은 자기의 밥그릇에 침을 뱉는 어리석은 행동이다. 그것은 야구를 좋아하는 모든 이들에 대한 무시고 조롱이다. 그리고 무엇보다 야구를 사랑하는 아이들에게 부끄러운 짓이다. 그래서 나는 도망갔다. 뭐가 잘못되었는가?

삼열의 인터뷰에 제이슨 와튼이 발끈해서 인터뷰했다.

—삼열 강 선수의 도전을 받아들이겠다. 시간과 장소를 정하면 언제든지 상대해 주겠다.

야구 선수들이 결투한다고 하자 화제가 되었다. CNN 뉴스는 물론이고 코미디 소재로도 쓰였다. 심지어 전 세계의 매스컴을 통해 삼열의 이름이 알려지게 되었다.

메이저리그 단 두 경기 만에 워싱턴 포스트는 물론이고 USA 투데이와 주간 타임지 표지에도 삼열이 탈스 힐에서 관중과 이야기하는 모습이 실렸다. 노이즈 마케팅 한번 기가 막히게 했다.

이날 경기에서 삼열은 완투했고 자책점도 0.55로 리그 최고였다. 최근 메이저리그는 전형적인 타고투저로 A급 투수들의 방어율이 3점대가 훌쩍 넘어간다. 비록 두 경기에 불과하지만 삼열의 평균자책점은 당연히 리그 1위였다.

3차전은 휴스턴 애스트로스의 에이스 빅터 로드리게스가 나와 컵스의 타자들을 꽁꽁 묶어버렸다. 이날 컵스가 그에게 얻은 점수는 8이닝 동안 2점에 불과했다. 그래도 휴스턴 애스트로스와의 원정경기에서 2승 1패라면 양호한 성적이었다.

삼열은 시카고로 돌아왔다. 거의 8일 만에 돌아온 집은 마리아의 흔적만 남았을 뿐 너무나 조용하고 적막했다. 빈집에 혼자 있자니 허전했다. 그는 퇴근 시간이 한참이나 지났음에도 돌아오지 않는 마리아가 걱정되어 전화했다.

한참 후에나 전화를 받은 마리아의 목소리가 잘 들리지 않았다. 수화기를 통해 소란스러운 소리가 들려온 것이다.

"어디예요?"

—여기 병원이에요.

낮고 지친 마리아의 목소리를 듣자 삼열은 이상한 생각이 들기 시작했다.

"다쳤어요?"

—네, …그런 …해서 병원에 입원해 있어요.

중간에 잘 안 들리긴 했지만 마리아가 입원해 있다는 말에 삼열의 가슴이 덜컹 내려앉았다.

"병원이 어디예요?"

—여기 시카고 앤드류 병원이에요.

삼열은 정신없이 집을 뛰쳐나와 병원으로 향했다.

한 시간 후 병원 근처에 도착하니 도로 공사가 한창이었다.
삼열은 입원실까지 한달음에 달려갔다. 막상 병실 앞에 서
자 마음이 차분해졌다. 호흡을 가다듬고 문을 여니 병실 침대
에 누워 있던 꼬마 환자가 삼열을 바라보았다.

"누구세요?"

동그랗게 눈을 뜨고 묻는 모습이 귀여웠다. 갈색 머리의 아
이는 이목구비가 뚜렷하였다. 귀여운 개구쟁이처럼 생긴 아이
였지만 삼열이 찾는 사람은 아니었다.

"아, 난 마리아가 여기에 입원해 있다고 해서 왔는데……."

"마리아 누나요? 누나는 지금 잠시 나갔어요."

"아, 마리아가 입원했던 거 아니었니?"

"그 누나는 아주 튼튼한데… 아픈 것은 나예요."

"다행이다."

"엥? 제가 아픈 게 다행이라고요?"

"응? 아니, 그럴 리가 있겠니? 다만 마리아가 다치지 않았다
는 것이 다행이라는 거지."

"음, 그건 아닌 거 같은데요. 그 누나의 차에 다친 사람이
나인걸요."

"아, 그건 미안한 일이다."

삼열이 아이와 이야기를 하는 사이에 병실로 마리아가 들어왔다. 그리고 그녀는 삼열을 보고 놀랐다.

"삼열 씨, 어떻게 왔어요?"

"아, 난 마리아가 다친 줄 알았어요. 어떻게 된 거예요?"

"아, 조섭이 제 차에 뛰어들었어요. 보험 회사에 연락하고 걔 부모에게도 알렸고요. 조섭의 아빠는 열 시쯤에 올 수 있다고 해서 제가 있는 거예요."

마리아는 갑작스럽게 나타난 삼열이 반가운지 행복한 미소를 지었다.

"쳇, 누나가 좋아한다는 남자가 저 형아였구나."

"아니, 조섭. 그 이야기를 하면 어떻게 해."

마리아는 난처한 표정을 짓다가 고개를 숙였다. 어쩌겠는가. 이미 일은 벌어졌고 그 일을 해결해야 하는 마리아는 머리를 굴렸다.

'어쩌면 이것이 기회일 수도 있지. 이 시간에 병원까지 찾아온 것을 보면 내가 아주 싫은 것은 아닐 거야. 어쩌면 조금 좋아하고 있을지도 모르지. 마음을 표현하지 않으면 좋은 관계는 가능해도 연인 사이는 될 수 없어.'

마리아는 아무 일이 없었다는 듯이 천연덕스럽게 다른 이야기들을 꺼내며 화제를 돌렸다. 그런 모습을 보고 조섭이 입을 삐죽 내밀었다. 바로 한 시간 전 자신이 크면 마리아와 결혼하겠다고 했을 때 그녀가 좋아하는 사람이 있다고 장난스럽게 말했었다.

같은 동네에 살고 있어 조셉은 마리아를 알고 있었다. 조셉은 인상을 쓰며 삼열을 노려보았다. 자기보다 나은 점이 없어 보였다. 자신처럼 잘생기지도 않았고 백인도 아니었다. 왜 저런 못생긴 남자를 좋아하는지 이해가 되지 않았다. 자기의 유일한 약점은 나이가 어리다는 것뿐이었다.

"쳇!"

"왜 그러니, 조셉?"

"흥, 관심 끄시죠."

"그럼 진짜 끈다."

"쳇!"

마리아가 관심을 끈다고 하자 그것은 또 싫은 모양이다. 여덟 살인 조셉이 볼 때 마리아는 너무 예뻤다. 자신이 불리한 것은 나이가 어리다는 것뿐이었는데, 그것이 남녀 사이에서는 가장 중요한 요소라는 것을 어린아이인 그는 모른다.

저녁 늦게 조셉의 아버지가 병원에 도착하자 마리아는 사건이 발생하게 된 경위를 설명하였다. 강아지를 좋아하는 조셉이 그 강아지를 따라서 뛰다가 마리아가 운전하고 있던 차와 부딪혔다.

다행히 마리아가 강아지를 보고 미리 속도를 늦췄기에 상처는 크지 않았다. 마리아는 아이를 병원에 입원시키고 강아지는 근처 동물 병원에 맡겨놓았다고 했다.

보상은 보험 회사에서 처리해 줄 것이니 문제없었다. 다만 마리아가 지금까지 남아 있었던 이유는 아이의 안전과 일이 어떻게 벌어졌는지 보호자에게 이야기하기 위해서였다. 다행스럽게 조셉은 다친 곳이 없었다. 표면상으로는 작은 찰과상 정도였고 혹시나 해서 정밀 검사를 하기 위해 입원했던 것이다.

병원을 나오자 열한 시가 다 되었다. 마리아는 몹시 피곤한 표정을 지었다. 아이가 자신의 차에 다쳤으니 많이 놀랐던 것이다. 아이들의 부주의로 인해 사고가 나도 책임의 소재는 차주에게 있다. 그리고 실제로 조셉의 몸 상태가 걱정되기도 했다.

"삼열 씨, 그런데 진짜로 병원에는 어떻게 왔어요?"

"아, 전 마리아가 입원한 줄 알고……."

"풉, 정말요?"

마리아가 아이처럼 웃었다. 그러고 보니 삼열과 통화를 할 때 주변이 몹시 시끄러웠었다. 그때 분명히 꼬마가 자신의 차에 치여 입원했다고 말했는데, 삼열이 잘못 듣고 오해를 한 듯했다.

그래도 마리아는 즐거웠다. 그러나 한편으로 걱정이 되기도 했다. 조셉이 자신이 삼열을 좋아한다는 것을 발설했기에 난처하기도 하였고 삼열의 반응도 궁금했다.

"저, 삼열 씨."

"네?"

"저, 음… 아니에요."

마리아는 입을 다물었다. 어색한 침묵이 흘렀지만 그녀는 안도했다. 비로소 삼열의 마음을 본 것 같았다. 자신이 좋아한다는 말을 듣고서도 그는 거부 반응을 보이지 않았다.

마리아는 사랑이란 가까이서 시작되는 것을 알고 있다. 큐피드의 화살은 가까이 있는 상대에게만 꽂힌다. 그래서 연인 사이는 멀리 떨어지거나 만나는 기회가 줄어들면 위험하다. 그런 사실을 알기에 의도적으로 삼열의 집에서 살고 있는 것이다. 그녀의 멋진 집을 떠나서 말이다.

사랑은 상대방을 자주 보고 가까이에 있어야 깊어지고 커진다. 아침저녁으로, 때로는 종일 함께 있으면 둘 사이의 관계가 발전하지 않을 수 없는 법이다. 감정이란 이성으로 부정한다고 쉽게 통제할 수 있는 것이 아니다. 사랑에 빠지고 싶으면 자주 만나야 한다.

삼열은 주차장에 있는 마리아의 차를 가지고 가려 했지만 마리아가 피곤하다며 삼열의 차를 타기를 원했다.

마리아는 삼열이 자신의 마음을 알게 된 것이 조금 창피했지만 사랑을 얻기 위해서 용기를 내기로 마음먹었다. 그리고 자신이 먼저 시작해야 한다는 것도 알았다. 삼열은 준비가 되어 있지 않았고, 준비가 되기를 기다리는 것은 무모했다. 마냥 시간만 흘러갈 것이기에.

"나… 삼열 씨 좋아하고 있어요."

마리아가 마침내 용기를 내서 삼열에게 고백했다.

"알고 있어요. 조셉이 말하기 전에도 알고 있었어요."

마리아는 삼열의 말에 침을 꿀꺽 삼켰다. 곰탱이인 줄 알았는데 여우가 아닌가.

삼열이 알고 있었다는 것은 여러 가지 의미가 있다. 알고 있었음에도 침묵을 지켰다는 것은 그녀가 마음에 없다는 것을 의미한다.

반면 다르게 해석도 된다. 알고 있으면서도 집에서 나가라고 하지 않는 것은 좋다는 의미가 되기도 한다. 이런 경우는 동그라미도, 가위도 아닌 세모에 해당한다. 어떤 계기, 동기가 주어져야 새로운 형태의 관계로 나아가게 된다.

"언제부터 알고 있었어요?"

"처음부터요."

"네에?"

"나를 좋아하지 않는다면 왜 집을 두고 이곳에 와서 살겠어요? 그리고 왜 이 먼 시카고까지 마리아가 왔겠어요?"

"알고 있었으면서 왜……."

"왜 그런지는 알고 있잖아요."

삼열의 말에 마리아는 입을 다물었다. 그에게는 애인이 있었다. 그가 아주 많이 사랑한. 어떻게 둘이 헤어지게 되었는지는 모르지만 그가 상처를 아주 많이 받았다.

그래서 기다렸다. 상처가 가라앉기를, 상처에 딱지가 생기기를, 그의 마음이 열려 또 다른 사랑을 할 수 있기를.

그녀도 왜 이 남자가 좋은지는 정확히 모른다. 그냥 이 남자랑 있으면 마냥 편하고 기분이 좋아진다. 그는 개구쟁이 같지만 실제로는 매우 진지한 성격이다. 그리고 그녀가 좋아하는 야구 선수다.

집에 도착하자 마리아는 삼열의 입에 키스했다. 말랑한 혀가 삼열의 입으로 들어왔다. 짧지만 아주 강렬한 키스였다. 입을 떼고 마리아가 말했다.

"기다릴 수 있어요. 그러나 기다리고만 있지는 않을 거예요. 오늘처럼 한 발자국 다가가면 뒤로 물러나기 없기예요."

"시간을 좀 준다면… 저도 다가가도록 노력해 볼게요. 나도 마리아가 좋아요. 좋아하지 않았다면 왜 같은 집에서 살겠어요?"

"그렇죠? 정말이죠?"

마리아가 다시 입술을 부비며 안겨왔기에 부드러운 그녀의 가슴을 삼열은 느낄 수 있었다. 여자와 같이 자지 않은 것이 벌써 1년 가까이 된다. 그의 남성이 빠르게 반응했지만 삼열은 마리아를 그대로 안고만 있었다.

그녀를 좋아하지만 사랑하지는 않는다. 그러니 안을 수는 있어도 섹스는 곤란했다. 사랑 없는 섹스도 있고, 많은 사람이 그렇게도 한다. 그런 경우는 대부분 사랑의 대상이 아니라 즐김의 대상일 뿐이다.

물론 섹스를 한 후에 애정이 생길 수도 있다. 이 경우는 그럴 가능성이 매우 높다. 하지만 마리아에게 그렇게 하는 것은 아니다. 이렇게 정성을 다하는 여자를 성욕의 대상으로 보는 것은 그녀를 무시하는 일이다.

삼열은 조금 더 노력하기로 했다. 젊음의 운명은 빠르게 바뀌기도 하지만 너무 뜨거워서 마음이 곧 바뀔 것을 알고 있었다.

'언제까지나 내가 이렇게 다가가도 돼. 하지만 곧 그는 내 사람이 될 터이고 난 사랑에 자존심을 걸지 않을 거니까.'

마리아에게는 삼열과 한 첫 키스가 중요했다. 시작했다는 것. 그가 거절하지 않았다는 것도 중요하지만, 그가 자신을 소중히 여긴다는 것을 알게 된 것이 무엇보다 소중했다. 원정 시합을 다녀온 후 피곤한데도 이렇게 늦은 시간에 찾아오지 않았는가.

마리아는 방으로 들어가 손으로 입술을 더듬었다. 좋았다. 그의 체향과 감촉이 아직도 입술에 남아 있어 기분이 좋았다.

오늘 밤 그의 방에 간다면 그와 깊은 관계를 맺으리라는 것을 그녀도 알고 있었다. 하지만 그렇게 되면 삼열이 자신을 소중하게 여기지 않을 가능성이 있다. 쉬운 여자만큼 매력 없는 여자도 없다. 아무리 얼굴이 예쁘다고 해도 그것은 변하지 않는다. 특히 남자에게는 말이다.

마리아가 먼저 키스와 고백을 하고 난 후, 그녀를 보는 삼열의 눈이 달라졌다. 룸메이트에서 여자로 바뀌었다. 그래서 삼열은 마리아에게 이전보다 더 자상하게 대해주었고 더 많은 시간을 함께 보내려고 했다.

마리아가 휴일이라 삼열이 좋아하는 음식을 만들려고 재료들을 사러 외출하려는데, 옆집에 사는 막스 애덤스가 마리아를 자기 집으로 끌고 갔다.

"여보, 마리아 왔어. 당신이 보고 싶다고 했잖아."

"내가 언제요? 호호호, 마리아 왔어요?"

"잘 지내셨어요?"

"우리 남편이 새로운 커피를 볶았는데 그걸 자랑하려는 모양이네요."

"와아, 정말이요? 기대되네요."

그런데 마리아가 예전에 왔을 때는 듣지 못했던 이상한 소리가 집에서 났다.

"어?"

마리아는 열린 문틈으로 비쭉하게 고개를 내밀고 있는 검은 생물체를 바라보았다.

"잔느, 이리 와."

에레나 애덤스 부인이 부르자 검고 작은 그것이 뒤뚱거리며 다가왔다.

"어머나!"

"귀엽죠?"

"아기 돼지네요."

"틀렸어요."

"그럼 이게 돼지가 아닌가요?"

마리아는 반려동물은 동물이 아니다, 뭐 이런 반박을 할 줄 알았는데 애덤스 부인의 입에서는 전혀 다른 이야기가 나왔다.

"다 큰 암컷이에요."

"네? 요렇게 작은데요?"

"얼마 전에 새끼들을 낳았다우."

"아~!"

아무리 봐도 새끼 돼지 크기였다. 요즘 집에서 많이 키우는 미니 돼지인 것 같았다. 그녀도 알고 있다. 돼지는 머리도 영리하고 수명도 12~15년 사이라는 것을. 머리가 좋아 애완동물로 키울 수 있으며 생각보다 깔끔하다는 것도.

어미를 따라 아주 작은 돼지들이 따라 나왔다. 굉장히 귀여워 만지고 싶어질 정도였다.

"한 마리 줄까요?"

"갖고는 싶지만 키울 시간이 없어요."

"아, 그렇군요. 사실 이 녀석이 새끼를 네 마리나 낳았는데 우리 집에서 키우는 것이 벅차 분양을 고려하고 있었다우. 좋은 주인을 만났으면 해서 말이지. 마리아는 바로 옆집이니 자주 볼 수도 있고 하니 얼마나 좋아."

마리아는 유난히 자신을 따르는 돼지 한 마리가 눈에 자꾸 밟혔지만 어쩔 수 없었다. 그렇다고 애완용 돼지를 밖에 내놓고 키울 수도 없다.

막스 애덤스가 커피를 타왔다. 한 모금 마시자 커피의 진하고 깊은 맛이 혀끝을 통해 온몸으로 순식간에 퍼졌다. 게다가 향도 깊고 부드러웠다.

"와, 굉장한데요."

"하하하, 내 친구가 에티오피아에서 직접 사 가지고 온 것을 나에게 좀 줬어. 이건 특급 원두로 만든 것이니 다르지. 마리아는 예쁜 여자니까 줘도 되지만 남편은 절대 안 돼."

"네? 아, 삼열 씨는 남편이 아니에요."

"그럼 동거?"

"아직… 아니에요. 하지만 제가 좋아하고 있어요."

"정말?"

"네."

이번에는 애덤스 부인마저 믿기지 않는 모양이었다. 그녀의 눈에도 마리아는 놀랍도록 아름다운 여자다. 그녀는 이런 미인이 먼저 좋아할 정도의 남자가 과연 누굴까 하는 생각이 들었다.

시카고에 야구를 좋아하는 사람이 아무리 많다 해도 좋아하지 않는 사람도 많다. 그래서 삼열이 야구 선수라는 것을 알아보지 못한 것이다.

"무슨 일을 하는 사람인데?"

애덤스 부인이 조심스럽게 말을 꺼냈다. 사적인 부분은 물어보지 않는 것이 예의였지만 너무 궁금했다. 물론 친해진 다음이면 괜찮지만, 독립적인 미국인들은 자신의 삶을 다른 사람과 쉽게 공유하려고 하지 않는다. 그래서 프라이버시에 관해 예민하게 반응한다.

"야구 선수예요. 시카고 컵스의."

"컵스? 그 거지 같은 저주에 걸려 100년 동안 우승도 못 해

본 팀 말이야?"

"삼열 씨가 그 염소의 저주를 깰 거예요."

"그나마 요즘은 좀 나아진 모양이던데… 그래도 거긴 바보들만 모이는 구단 아닌가? 차라리 화이트삭스로 가지 그랬대. 거긴 그래도 제법 하더구만."

화이트삭스는 월드 시리즈 우승 경험이 7회나 있다. 컵스에 비해 인기는 없지만 실속은 더 있는 편이다. 화이트삭스는 1959년에 우승한 이래 최근에는 2005년에 월드 시리즈를 제패했다. 그러니 야구를 잘 모르는 사람들은 이런 소리를 할 만했다.

"아, 잠시만."

막스 애덤스가 갑자기 무슨 생각이 난 듯 자신의 서재로 들어갔다가 잡지를 하나 가지고 나왔다. 뉴욕 타임지였는데 삼열이 휴스턴 애스트로스의 탈스 힐에서 관객과 이야기를 하는 장면이 담긴 것이었다.

마리아도 이 이야기를 듣고 뉴스를 다시 보기로 시청했었다. 삼열이 도망간 행동에 상당한 충격을 받았었지만 인터뷰한 이후에는 그에 대한 신뢰가 더 깊어졌었다.

"혹시 이 사람 아냐?"

"네, 맞아요."

"어쩐지. 어디서 많이 본 얼굴이었다고 생각했었어. 뉴스에서도 여러 번 나왔었는데 처음에는 조롱을 받았지만 인터뷰 내용이 알려진 후에는 제법 인정받고 있다더군. 단 두 경기 만에 이렇게 메이저리그에서 유명해진 선수는 이 친구밖에 없을 거야. 베이브 루스도 이 친구에 비하면 명함도 내밀지 못할걸."

"삼열 씨는 멋진 분이에요."

"흠, 그런 거 같더구먼. 아이들을 사랑하는 모습이나 생각하는 게 마음에 들더군. 특히 이 부분, '그게 뭐 잘못 되었나요?'. 하하하! 이 정도는 뻔뻔해야 영웅이 될 수 있는 자격이 주어지지. 실력만 받쳐주면 인기는 많을 것 같던데. 아참, 이 친구 방어율인가 뭔가가 지금 1위라고 하더구만."

마리아는 막스 애덤스가 연신 삼열을 칭찬하자 기분이 좋아졌다. 순간적으로 자신이 그의 부인이라도 된 듯한 느낌이 들었다.

잠시 후 마리아는 애덤스의 집을 나와 차에 탔다. 구름 한 점 없는 맑고 푸른 하늘이었다.

'그래, 우리 둘 사이도 저렇게 맑아.'

마리아는 미소를 지었다.

둘 사이를 마리아는 애인이라고 생각했고 삼열은 친구라고 여겼다. 하지만 남녀 사이에서 그런 관계를 규정짓는 것 자체가 무의미하다.

이미 둘은 같은 집에서 살고 있고 아침저녁으로 얼굴을 보면서 서로에게 호감과 배려를 하기 시작했기 때문이다. 섹스 부분을 제외하면 둘은 부부나 마찬가지였다.

마리아가 고백하고 삼열이 거의 받아들인 상황인 데다 마리아가 남편을 챙기듯 삼열의 식단을 관리했다. 그래서 오늘 점심은 집에서 먹기로 했는데 애덤스 부부와 이야기를 하느라 늦었다.

"늦었어!"

마리아는 차를 몰았다. 저번에 해산물을 샀던 그 가게에 미리 주문을 해두었기에 가서 물건의 상태만 보고 돈을 지불하면 된다.

특별히 전복과 장어구이를 좋아했던 삼열을 생각해 왕창 주문했다. 장어는 스태미나에 좋을 뿐만 아니라 불포화 지방산이 많고 단백질이 많아 운동선수인 삼열에게 딱 맞는 음식이다. 전복은 시신경에 좋고 간 기능 회복에 도움이 된다.

그 사실을 알고서 마리아는 돈을 아끼지 않았다. 그녀는 수산 시장에 도착하여 물건을 확인하였다.

대니얼 킴은 마리아가 물건을 검수하는 것을 보고 움찔했다. 저번에 그녀가 한 번 사가고 나서 전화로 주문하기에 혹시나 해서 특상의 물건을 받아놓았다.

특상의 상품인데도 몇 개를 골라내는 것을 보고 그는 가슴을 쓸어내렸다. 솔직히 전화를 받았을 때는 얼굴만 예쁜 여자가 뭘 알겠느냐는 생각에 하품을 섞어 넣으려고 했다. 그러다 느낌이 이상해서 특상의 품질만 추려 놓았는데도 골라내는 것을 보니 그러기를 아주 잘했다는 생각이 들었다.

"대체로 물건이 좋군요. 가격은 따지지 않지만 물건이 나쁘면 거래처를 옮길 거예요. 정직하게 해준다면 다음부터는 결제하고 물건을 차에 바로 실어가죠."

"하하, 물건은 걱정하지 마십시오. 최상의 품질만 가져다 놓겠습니다."

마리아가 계산하자 대니얼 킴이 물건을 그녀의 차에 실었다. 그는 빨간색 페라리의 트렁크에 물건을 싣자 왠지 차가 더러워지는 것 같아 신경이 쓰였지만 상대는 전혀 그렇지 않은 듯했다.

차가 주차장을 벗어나자 대니얼 킴은 안도의 한숨을 내쉬었다. 원래 가격보다 20%를 더 받았지만 마리아는 아무 소리도 하지 않고 결제를 했다. 그녀는 오직 품질에만 신경을 썼다.

대니얼 킴은 하품의 물건을 끼워 넣을 생각을 아예 접었다. 그렇게 해서 통할 손님이 아니었던 것이다. 그래도 대박 손님인 것은 확실했다.

마리아는 장거리를 가지고 와 급히 요리하기 시작했다. 장어를 손질하는 것이 징그러웠지만 요리하는 것을 좋아하기도 하고, 또 사랑하는 남자를 위해서라고 생각하니 참을 만했다.

장어는 손질만 하면 뜻밖에 요리하기가 쉬웠다. 칼질해서 소스를 뿌리고 오븐에 구우면 끝이었다. 연어도 마찬가지였다. 전복이 문제였는데 삼열이 날것을 원해서 깨끗하게 씻어 얇게 썰면 되었다. 초고추장도 한국인이 자주 찾는 마트에서 쉽게 구할 수 있다.

요리가 아직 다 되지 않았는데 삼열이 들어왔다. 마리아는 당황스러웠지만 곧 미소를 지으며 전채 요리로 샐러드에 전복을 넣고 홍차와 함께 그에게 건네었다.

"와우, 전복이네요. 이 귀한 것을 어떻게 구했어요?"

전복이 한국에서 비싼 음식 축에 속하기에 삼열은 그렇게 말한 것이지만 마리아는 고개를 갸웃했다. 미국에서 해산물은 그렇게 비싸지 않은 편이다. 특상의 품질이라 조금 비싸긴 했지만 삼열이 말한 정도는 아니었다.

'이게 귀한 음식인가? 음, 해산물이니까 그렇게 생각하는구나. 하긴, 빨리 상하고 요리하기도 까다로우니 그렇게 생각할 만도 하지.'

마리아는 그렇게 생각하며 식탁을 채우기 시작했다. 장어구이와 연어가 나오자 삼열은 눈을 동그랗게 뜨고 마리아를 바라보았다. 저번에도 한 번 장어구이를 대접받기는 했지만 이번에는 기대도 하지 않았다. 단지 집을 나갈 때 마리아가 오늘 쉬니까 집에 와서 점심을 먹으라고 해서 그렇게 하겠다고 대답했을 뿐이었다.

큼직한 장어 살을 한 젓가락 집어 입에 넣자 그 맛이 기가 막혔다. 무엇보다 신선함이 가득 입안에서 맴돌았다.

대식가에 속하는 삼열이 음식을 맛있게 먹자 마리아는 미소를 지었다. 그리고 그녀도 장어와 전복을 먹기 시작했다. 아직까지는 특별한 맛을 느끼지는 못하지만 피부 미용에 좋다는 말을 듣고는 두말하지 않고 먹는 것이다.

음식을 잘 먹는 삼열을 보고 마리아는 회심의 미소를 지으며 생각했다.

'여자들은 남자들이 예쁜 여자를 좋아한다고 생각하지. 물론 그 말도 틀린 건 아니지만, 남자들은 요리 잘하는 여자를 더 좋아해. 나의 요리 솜씨에 빠지면 삼열 씨는 나를 절대로 벗어나지 못할걸. 호호호, 나의 마수에 빠진 거야.'

삼열은 마리아의 음흉한 미소를 보고 겁이 덜컥 났다. 장어를 먹이고 저녁에 자기를 덮치지나 않을까 걱정이 되었다. 하지만 매력적인 장어 요리의 맛에 빠진 그는 유혹을 참지 못하고 계속 먹었다.

모처럼 배 터지게 먹은 삼열은 거실에서 마리아와 이야기를 나누었다. 그러면서 여성스러운 마리아의 모습에 점점 빠져들어 갔다.

마리아가 삼열에게 하는 이야기는 시시콜콜한 것이었다. 여자들이 별것 아닌 내용에 왜 의미를 부여하는지 모르겠어도, 정말 이걸 나에게 왜 말하는 건지 모르겠어도 잘 들어줘야 삐치지 않는다. 남자는 자신의 인생에서 큰 것을 여자와 나누기를 원하는 반면 여자는 작고 소소한 일상을 나누기를 원하기 때문이다.

그런 것을 수화를 통해 이미 체득한 삼열은 마리아의 이야기에 귀를 기울이고 적절히 맞장구쳐 주며 대화를 이어갔다.

"커피의 맛이 깊고 그윽한 게 다른 커피와는 차원이 다르죠?"

"아, 네."

마리아는 애덤스 부인이 선물해 준 원두를 내려서 삼열에게 건네주었다. 그리고 거의 이해할 수 없을 정도로 커피의 맛을 칭송했는데, 삼열은 솔직히 이게 이거고 저게 저건가 보다 하면서 듣고 있었다.

그는 커피 맛을 전혀 몰랐다. 싸구려 믹스 커피는 몇 번 마셔봤지만 이렇게 고급 커피는 마셔본 적이 거의 없었기 때문이다. 수화와 함께 스타벅스나 카페베네에서 커피를 마셔보기도 했지만 왜 이런 걸 비싼 돈 주고 사먹나 생각할 정도로 그는 커피에 관심도 없고 문외한이다.

"맛있죠? 맛있죠?"

마리아는 거의 강요하다시피 물었다.

"아, 네. 정말 맛있네요."

"그럴 줄 알았어요. 이 커피 맛을 삼열 씨에게도 보여주려고 내가 애덤스 부부의 그 긴 이야기를 다 들어준 거라고요, 호호."

삼열은 의무적으로 미소 지으며 가만히 있었다. 지금 자신이 입을 열면 그녀의 행복이 깨져 버릴 것 같았다. 그리고 나쁘지도 않았다. 혼자 말하고 좋아하는 그녀의 말에 열심히 고개를 끄덕여 주면 되는 일이다. 귀찮기는 하지만 그다지 어렵지 않은 일이다.

오늘처럼 근사한 점심을 얻어먹었는데 고개를 끄덕여 주고 맞장구쳐 주는 정도를 못하겠는가. 삼열은 누구보다도 이런 가정적인 분위기를 좋아했다. 고아인 그에게 이보다 더 좋은 것은 없다. 게다가 이렇게 근사하고 맛있는 요리까지 대접받으니 그녀에 대한 애정이 새삼 무럭무럭 솟는 것 같았다.

'행복이란 이런 것일까?'

삼열은 마리아의 말을 들으며 그렇게 생각했다. 무엇보다 마리아가 가정적인 분위기를 만들어준 것이 그의 마음을 돌리는 데 주효했다.

수화는 그가 고아라서 시댁이 없으니 좋을 것이라고 생각한 반면 마리아는 그것을 동정하고 그에게 따뜻한 가정을 만들어 주려고 노력하였다. 문화가 다르니 사랑을 표현하는 것도 달랐다.

결혼하기도 전에 성인이 되면 부모에게서 독립하는 미국인들의 정신과 결혼하고서도 부모의 영향력에서 벗어나지 못하는 한국인의 현실은 엄연히 다르다.

삼열은 마리아의 수다를 들으며 모처럼 느긋하게 앉아 있었다. 마리아는 말하는 것도 귀여웠지만 눈치도 빨라 자신이 조금이라도 지루해하는 것 같으면 재빨리 화제를 돌리곤 했다.

시간이 지나 다시 연습하러 나가려는 삼열에게 마리아가 다가오더니 멋쩍은 미소를 지으며 입에 키스를 가볍게 하고는 자신의 방으로 도망갔다.

삼열은 차에 올라타 조금 전 부드럽고 촉촉했던 마리아의 입술을 생각했다.

차가 사라지자 거실에 나온 마리아가 주먹을 꽉 쥐고 그 자리에서 팔짝팔짝 뛰었다.

"Yes! Yes! 이제 나에게 확실히 넘어왔어."

그녀도 왜 자신이 삼열을 이렇게나 좋아하는지는 알 수 없었다. 하지만 중요한 것은 시간이 지날수록 삼열을 사랑하는 마음이 점점 깊어지고 있다는 것이다. 그리고 이렇게 잔잔한 행복을 주는 삼열을 절대로 다른 여자에게 빼앗기고 싶지 않았다.

이제 사랑을 쟁취해야 하고, 또 행복을 지켜야 하는 복잡한 입장이지만 마리아는 그것이 조금도 싫지 않았다.

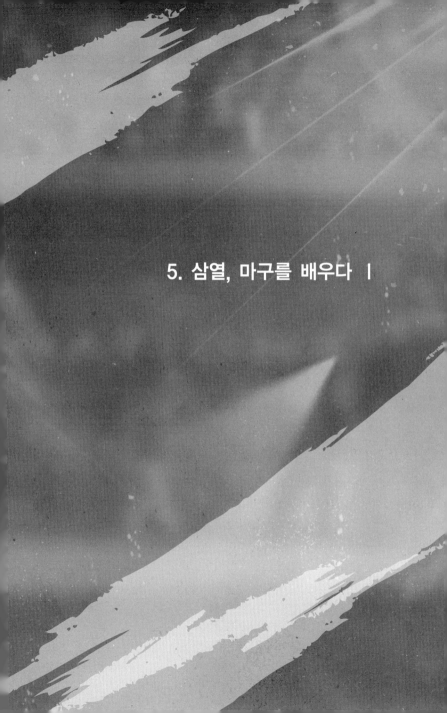

5. 삼열, 마구를 배우다 Ⅰ

삼열이 늦게 연습장에 나타나자 로버트가 얼굴을 확 구겼다. 오늘은 삼열이 없어 느긋하게 연습할 수 있겠다고 좋아했는데 그가 나타난 것이다.

'모두 저놈 때문이야.'

하루 종일 배트를 휘두르는 그는 집에 가서 끙끙 앓은 적이 한두 번이 아니었다. 하지만 일어나서 움직이면 몸이 다시 괜찮아지곤 했다.

"죽지 않고 왔군."

"음하하하, 맛있는 거 먹고 커피 마시고 오느라 늦었느니라."

"Fuck you."

로버트가 감자를 먹이며 말했다.

시카고 컵스의 선수들은 조금씩 삼열처럼 변해가고 있었다. 선수들은 삼열을 따라 훈련의 양을 점차 늘리기 시작한 것이다.

특히 삼열의 빈볼 사건으로 제이슨 와튼이 마운드로 뛰어올라갔을 때 컵스 선수들은 오늘 시합은 끝났구나 생각했었다. 다른 팀 선수들은 몰라도 그들은 삼열이 고의로 몸을 맞히는 공을 던졌음을 아주 잘 알고 있었기 때문이다.

게다가 괴팍한 성격을 가진 그가 먼저 주먹을 날릴 것으로 생각했는데 황당하게도 도망을 가버렸다. 그리고 30도 경사의 탈스 힐에 올라 관중과 이야기를 하는 모습을 보고는 어이가 없었지만, 돌이켜보면 현명한 결정이었다.

그때부터 컵스의 선수들은 점점 삼열을 따라 하기 시작했다. 연습장에서 하는 것은 별것 없었다. 던지고, 던지다가 지겨우면 다른 선수들과 이야기하다가 다시 연습하고, 시간이 되면 선수와 코치진이 모여 라이벌 구단에 대해 토론하는 정도였다.

삼열은 샘 잭슨 코치가 현존하는 대부분의 공을 던지는 법을 알고 있는 것을 알고 깜짝 놀랐다. 그는 메이저리그의 전설적 선수들에 대해 이야기를 하면서 포크볼이나 너클볼, 심지어 스크루볼까지 동작을 통해 설명하였다.

스크루볼. 굉장한 공이다. 커브와는 반대로 휘어져 들어가니 공의 위력은 물론이고 메이저리그에서 던지는 선수가 없어 제대로 칠 수 있는 선수도 거의 없다.

이 공을 던지기 위해서는 손목을 비틀어야 하는데 일반적으로 왼쪽에서 오른쪽으로 비트는 것이 자연스럽다면 스크루볼은 그 반대다. 손바닥을 타자가 보이도록 하면 되는데 문제는 팔꿈치에 상당한 무리를 준다는 점이다.

스크루볼은 정상급의 커브와 같이 사용하면 천하무적이 될 수 있는 공이다. 공이 바깥쪽으로, 그리고 안쪽으로 마구 휘어져 들어오니 상대 타자들에게는 드래곤볼이나 마찬가지인 마구다.

크리스티 매튜슨은 메이저리그 통산 372승을 거둔 선수로 사이 영, 월터 존슨에 이어 역대 3위로 많은 승수를 챙긴 투수다. 그는 연평균 14년간 321이닝을 던졌는데 그가 활동하던 때가 데드볼의 시기―1920년, 이 시기의 공은 반발력이 적어 안타를 쳐도 공이 멀리 가지 못했다―였다는 점을 감안해도 대단했다.

그가 그렇게 많은 이닝을 던질 수 있었던 이유는 80개 내외로 완투를 할 만큼의 뛰어난 제구력과 강속구를 가지고 있었기 때문이다. 그런 그의 결정구가 바로 스크루볼이었다.

문제는 있다. 아니, 아주 심각하다. 공을 던지면 던질수록 팔이 망가진다는 것. 그래서 크리스티 매튜슨은 아주 결정적일 때가 아니면 스크루볼을 던지지 않았다. 그러나 강속구가 없었던 칼 허벨은 통산 253승을 올렸지만 손이 끝내는 휘어져 버렸다.

　삼열은 스크루볼에 욕심이 났다. 지금 가지고 있는 공을 더 다듬고 결정구로 스크루볼을 던진다면 굉장할 것 같았다. 이벤트성으로 한 경기에 한두 개만 던지면 문제가 없을 듯싶었다. 그리고 그에게는 미카엘이 준 신성석으로 인한 자가 회복력이 있지 않은가.

　전에 그는 샘 잭슨 투수 코치에게 스크루볼을 가르쳐 달라고 부탁했다가 거절당했다. 그것은 선수의 팔을 갉아먹는 악마의 공이라는 소리와 함께.

　하지만 여전히 삼열은 스크루볼을 던지고 싶었다. 그래서 샘 잭슨 투수 코치의 눈치를 살피고 있었는데 그가 먼저 다가와 약속을 단단히 받고 가르쳐 주기로 했다. 그동안 삼열이 하는 것을 보니 자신의 몸을 망치면서까지 공을 던질 놈이 아니라는 확신이 들었기 때문이다.

　샘 잭슨은 포스트 시즌에서는 경기당 최고 다섯 개, 챔피언십이나 월드 시리즈에서는 열 개를 최고치로 하고 그 안에서 던진다면 가르쳐 주겠다고 했다.

삼열로서는 대환영이었다. 어차피 그는 직구 위주의 공을 던질 생각이었다.

마구는 희소성이 전제되어야 비로소 마구가 된다. 스크루볼을 마구 던지면 상대 팀의 타자도 그 공을 연구하게 된다. 적어도 1년에 72~78경기를 해야 하는 내셔널 리그의 중부 지구 소속 타자들은 반드시 상대 투수의 결정구를 연구할 것이다. 하지만 한 경기에 한두 개 던진다면 그냥 마구라고 인정하고 넘어갈 것이다.

아직 던지는 법을 배우지는 못했다. 단지 원리만을 알 뿐이었다. 스크루볼을 던지기 위해서는 팔의 유연성이 좋아야 한다. 그래야 부상을 당하지 않고 위력적으로 공을 던질 수 있다. 그래서 삼열은 요즘 어깨 훈련과 함께 팔의 유연성을 기르는 훈련도 하고 있었다.

이런 훈련은 성과는 미미하고 시간은 많이 걸린다. 그리고 훈련의 내용도 지루하다는 단점 때문에 그동안 거의 외면받아 왔는데 삼열을 따라 하는 선수들이 조금씩 생겼다. 그 선두에는 따라쟁이 로버트가 있었다.

"헤이, 삼열. 오늘 점심에는 뭐를 먹었나?"

"연어, 장어, 전복 등등을 먹고 왔지."

"연어는 알겠는데 장어하고 전복은 뭐야? 그것들도 물고기인가?"

"장어는 물고기, 전복은 조개와 비슷한 거야."

"오 마이 갓. 어디서 그런 걸 먹고 왔어? 혼자 뷔페를 갔다 오기라도 한 거야?"

"몰라도 돼."

"다음에는 나도 데려가 줘."

"즐~!"

"즐?"

"No라는 말이야."

"쳇, 혼자만 맛있는 걸 먹고 오다니."

매튜 뉴먼이 오늘 점심의 스테이크가 질겼고 다른 메뉴도 좋지 않았다고 불평을 했다.

먹는 것에 욕심이 많은 매튜 뉴먼이 한바탕 불평을 늘어놓고 사라지자 삼열은 기분이 좋아졌다. 자기만 엄청 맛있는 것을 먹고 왔다는 승자의 여유가 그의 마음을 달콤하게 만들었다.

'마리아가 내일도 만들어줄까? 내일도 쉬는데.'

삼열은 벌써부터 은근히 내일 점심을 기다렸다. 그것이 사랑에 빠지고 있는 것인 줄도 모르고.

*　　　　*　　　　*

존스타인 단장은 뜻밖의 보고를 받고 조금 놀랐다. 대외 협력 업무팀에서 올라온 보고서였다.

"왜 이게 나에게까지 올라온 겁니까?"

"자기들로서는 결정하기 힘듭니다."

"왜 그렇습니까?"

"샘슨 사에서 업무 협조 공문을 보내 왔습니다. 내용을 요약하면, 이번에 '파워 업'이라는 문구가 들어간 티셔츠를 판매하려고 하는데 해당 선수의 등 번호를 사용해도 되냐는 것이었습니다."

"그런데요?"

"저희 컵스의 모든 티셔츠는 베어 컴퍼니와 계약을 맺습니다. 베어 사가 대행하고 수익금의 일부를 가져가는 형태입니다."

"그래서요?"

"이번에 새로운 형태의 제품이 들어오면 이의 제기가 들어올 가능성이 높습니다. 그런데……."

"그런데요?"

"그런데 샘슨 사에 그것을 요구한 선수가 삼열 강으로, 티셔츠를 직접 판매할 것이랍니다."

"에이전트 사가 왜 티셔츠를 판매합니까?"

"왜 그러겠습니까?"

"흠… 역시 그런 것입니까?"

"예, 삼열 강 선수가 자신의 이름으로 파워 업에 관한 상표 등록을 해버렸습니다. 샘슨 사는 그 일을 대행만 하고요. 적당한 회사를 찾아내 계약하고 디자이너를 연결하는 것 말입니다."

"그런데 거절하면 삼열 강이 화가 날지도 모른다, 이겁니까?"

"그 선수에 관해서는 뭐라고 단정 지어 말씀을 드릴 수가 없습니다. 너무 독특한 캐릭터라… 만약 그 선수가 삐치기라도 하면 지금 시카고 컵스가 하는 리빌딩 작업이 늦어질 것입니다."

"끙."

존스타인은 손으로 머리를 만졌다. 예일대와 하버드 대학 로스쿨을 거친 법학 박사인 그는 전형적인 엘리트 코스를 밟았고, 그에 걸맞게 합리적인 사고를 한다. 그는 잠시 생각한 뒤 마이어스 팀장에게 물었다.

"뭐가 문제가 되나요?"

"샘슨 사가 초기에 베어 사에 의뢰를 먼저 했었나 봅니다. 베어 사는 당연히 거절했지요. 슈퍼스타도 아니고 신인의 요청을 받아줄 이유가 없었을 테니까요. 그런데 이제는 문제가 되게 생겼습니다. 파워 업이 판매되면 티셔츠 매출이 격감할 것이기 때문입니다."

"도대체 그의 티셔츠가 몇 장이나 팔렸다고 그럽니까?"

"만 장이나 팔렸다 합니다. 그런데……."

"……?"

"그게… 그리고 일주일 사이에 9천 장이 팔렸습니다."

"와우! 대박의 조짐이 보이는군요."

"그래서 문제입니다. 구단의 주 수입원 가운데 하나가 티셔츠 판매인데 어떻게 했으면 좋겠냐고 물어옵니다."

"하하하."

존스타인은 경쾌하게 웃었다. 일이 잘되어도 이런 고민이 생길 줄이야. 그는 자신의 책상 위에 놓여 있는 타임지의 표지에 실린 삼열의 사진을 바라보았다.

데뷔 두 게임 만에 그는 미국 전역에 자신의 존재감을 알렸다. 물론 알려진 내용들이 조금 이상한 것들이기는 하지만 이런 추세로 가면 곧 전국적인 스타가 될 가능성이 매우 높았다. 그런데 티셔츠라? 이 모든 게 그가 의도한 것인가?

문제는 삼열의 돌출 행동과 발언이다. 비록 두 게임이지만 그의 공헌도는 1,900만 달러의 연봉을 받는 레리 핀처보다 최소한 두 배 이상 높았다.

'나타난 현상만 보는 것이 아니라 본질을 봐야 한다. 그가 정말 원하는 것이 무엇인가를 본인에게 직접 물어봐야겠군.'

존스타인은 생각을 정리하고 마이어스 팀장에게 직접 삼열을 만나 의견을 들어보라고 했다. 본인에게 직접 물어봐야 그가 원하는 바가 무엇인지 확실하게 알 수 있는 법이고, 만약 계약상의 문제가 생겨도 대처하기가 쉽다.

삼열은 갑자기 구단으로부터 호출이 와서 갔더니 티셔츠 판매에 대해 어떻게 했으면 좋겠냐고 말에 자기의 생각을 말했다.

우선 몇 가지의 티셔츠를 자신이 기획하기를 원하고 판매도 직접 하기 원한다고 말했다. 하지만 베어 사와 문제가 되면 시카고 컵스 구장에서의 판매는 베어 사를 거쳐서 하고, 인터넷이나 스포츠 용품점에서 파는 것은 자신이 지명한 회사에 위임시키고 싶다고 했다.

마이어스 팀장은 삼열의 말을 끝까지 듣기만 했다.

"이상하네."

삼열은 구단 사무실을 나오면서 고개를 갸웃거렸다. 구단의 경영이 어떻게 되는지 모르기에 자신이 팔려고 하는 티셔츠를 왜 구단이 신경 쓰는지 그는 전혀 몰랐다.

*   *   *

밀워키 브루어스와의 경기 일정은 4차전이며 끝나자마자 바로 그다음 날 피츠버그 파이어리츠와 경기가 있다.

밀워키 브루어스와의 경기는 2승 1패로 컵스가 유리한 상황에 삼열이 4차전에 등판하게 되었다.

밀워키 브루어스는 재작년에 96승으로 중부 지구 1위를 하였지만 월드 시리즈에는 진출하지 못했다. 이에 간판타자인 프린스 필더가 디트로이트 타이거스로 이적했고, 라이언 브라운은 약물 복용 파문으로 마음고생을 했지만 홈런 42개, 타율 0.325로 변함없는 실력을 보였었다.

하지만 프린스 필더의 공백이 너무 컸다. 올해도 밀워키 브루어스의 고난의 행진은 끝나지 않고 계속되고 있었다.

삼열이 상대해야 하는 투수는 레리 울프로, 3.23의 수준급 자책점을 보여주고 있는 선수다. 하지만 삼열의 0.55에는 훨씬 미치지 못하였다.

삼열이 신인이라 타자들이 투수에 대한 정보가 부족한 상태에서 타석에 들어선 탓도 있고, 신인치고 엄청나게 빼어난 제구력과 강속구를 장착하고 있어서였다.

KBC ESPN의 메이저리그 해설진들은 어제부터 시카고로 날아와서 방송 준비를 했다. 해설에는 송재진 메이저리그 전문 해설 위원이, 아나운서에는 장영필이 준비를 하고 있었다.

송재진 해설 위원은 삼열의 경기를 시청하다가 이번 방송에 자원해서 나섰다. 베테랑인 그가 신인의 경기를 해설하겠다고 나선 것은 삼열에게서 박찬호급의 포스를 보았기 때문이다. 그의 투구를 보았을 때 이 선수는 오래간다는 느낌이 팍 왔다.

시합이 시작되기 한 시간 전에 삼열이 운동장에 나타나 1루 쪽의 아이들에게 공을 나눠주면서 이야기도 하고 사인도 해주는 모습이 보였다. 아이들은 무척이나 삼열을 좋아하며 잘 따르는 것 같았다.

"아이들에게 인기가 대단한데요?"

"그러게요. 그는 아이들이 무엇을 좋아하는지를 아주 잘 알고 있는 것 같아요. 아이들에게 공만 나눠줬다면 저렇게 인기가 없었을 건데요. 아이들에게 놀이할 거리를 만들어줬죠. 그게 파워 업이고요. 아이들이 파워 업을 외치며 선수를 응원하니 선수도 아이들도 모두에게 좋은 것이죠."

"서울대 수석 입학이라 그런지 왠지 방송하기가 조심스러운데요."

"난 삼열 선수의 돌발 행동 때문에 조심스럽습니다."

"그것도 그렇죠."

"아, 이제 시작되는 모양이에요."

송재진 해설 위원은 숨을 크게 들이마시며 긴장을 늦추었다. 생방송은 여러 번 했지만 할 때마다 긴장되곤 했다. 화면에 On Air 표시가 들어오자 장영필 아나운서가 오프닝 멘트를 했다. 그리고 송재진 해설 위원을 소개했다.

─오늘 경기 어떻게 보십니까?

─오늘 경기는 한마디로 말하면 강삼열 선수의 원맨쇼가 되지 않겠느냐 하는 전망을 해봅니다. 이렇게 말할 수 있는 이유는 이곳이 시카고 컵스의 홈구장이라는 것도 있지만 그가 신인답지 않은 대담한 투구를 하기 때문이죠. 메이저리그에서 베테랑급은 아니지만 나름 굉장히 경기 운영을 잘하고 있고요. 그는 100마일의 공을 언제든지 던질 수 있는 투수인데다가 제구도 무척 좋습니다. 그리고 그는 강속구를 가지고 있음에도 맞춰 잡는 피칭을 선호한다는 점이 오늘 경기를 긍정적으로 보게 하는 요소입니다.

─아, 그렇군요. 시청자 여러분들께는 다소 생소한 선수일 수도 있지만, 천재 투수로 보시면 되겠습니다. 서울대를 수석 입학한 경력이 있으며 야구를 시작한 지 3년 만에 메이저리거가 된 것하며⋯ 이런 것들은 평범한 선수가 가지기 힘든 것이겠죠.

─그렇죠. 강삼열 선수는 고등학교 2학년 때 야구를 처음 시작하였고, 서울대에 입학한 후에 샘슨 사라는 미국의 3대 에이전트에 의해 마이너리그 계약을 하였습니다. 마이너리그에서 다섯 경기를 뛰었는데 2승 3패를 했지만 자책점은 2.56

으로 상당히 좋았습니다. 물론 다섯 경기 모두 퀄리티 스타트를 했고요.

—아, 말씀드린 순간 강삼열 선수가 마운드에 천천히 올라오고 있습니다. 굉장한 인기네요. 들리십니까? 이 함성 말입니다.

—강삼열 선수는 어린이 팬이 엄청나게 많습니다. 심지어 원정을 가도 어린이들은 모두 강삼열을 응원한다는 말이 있을 정도입니다.

—이제 강삼열 투수, 연습구를 끝내고 시합이 시작되려고 합니다. 아, 이거죠.

삼열이 시합이 시작되기 전에 1루를 바라보고 웃으며 모션을 취하자 아이들과 어른들이 모두 파워 업을 외쳤다. 그리고 뒤돌아 중견수 뒤의 팬들에게도 같이 인사를 했고 밀워키 브루어스를 응원하는 3루에서도 비슷한 반응이 나왔다.

송재진 해설 위원은 이러한 모습에 상당히 충격을 받았다. 한국인 투수가 이렇게 짧은 시간에 야구팬들에게 사랑을 받기란 거의 불가능했다.

선두 타자로 레이 모건 타자가 타석에 들어섰다. 송재진 해설 위원은 그의 기록을 찾았다. 선구안이 좋고 찬스에 강하며 출루율도 상당히 좋은 선수였다.

송재진 해설위원은 그런 사실을 말하고 1번 타자를 어떻게 처리하느냐에 따라 경기를 쉽게 풀어갈 수도, 어렵게 갈 수도 있다고 설명했다. 삼열이 신인이기 때문에 그렇게 말한 것이었다.

삼열은 마운드에 서서 타자를 노려보았다. 레이 모건이 잔뜩 긴장한 채 자신을 바라보고 있었다. 삼열은 천천히 와인드업 후에 공을 던졌다. 공이 바람을 타고 빠른 속도로 날아갔다.

펑.

"스트라이크."

눈 깜짝할 사이에 공은 포수의 미트로 들어갔다. 101마일의 공이었다. 레이 모건은 움찔 놀라며 공에 손도 대지 못했다. 눈에 번쩍한 것 같은데 공은 이미 미트에 꽂혀있었다.

"와아!"

"헐~ 100마일이 넘어. 101마일이야!"

"미친. 이게 가능해? 그것도 1회 초에?"

"삼열 강은 괴물이야. 괴물!"

"삼열! 퍼펙트게임 해라."

"모든 선수를 KKKK로 돌려세워!"

홈 관중석에서 삼열을 응원하는 소리가 터져 나왔다.

삼열은 빙그레 웃었다. 레이 모건이 선구안이 좋다는 말을 듣고 힘으로 윽박질러 보았다. 다음 2구도 같은 코스로 던졌다. 하지만 이번에는 공이 날아가다가 옆으로 휘어져 들어갔다. 컷 패스트볼이었다. 타자는 배트를 힘껏 휘둘렀지만 공은 피해가듯 옆으로 미끄러졌다. 다음 공은 낮은 포심 패스트볼로 3구 삼진을 시켰다.

레이 모건은 고개를 절레절레 흔들며 더그아웃으로 들어갔다. 나름 한다고 했음에도 불구하고 어림도 없었다. 유인구를 안 던지는 투수라고 전해 들었는데 정말 그 말이 맞았다. 강력한 직구를 앞세워 타자들을 윽박질러 치지 않으면 안 되게끔 유도를 하고 있었다.

송재진 해설 위원은 삼열의 강력한 투구를 칭찬했다. 그가 첫 타자를 어떻게 하느냐에 따라 경기 내용이 달라질 수 있다는 말을 하자마자 3구 삼진으로 선두 타자를 잡아버린 것이다.

그는 TV로 본 것보다도 삼열의 투구폼이 매우 안정적인 것에 놀랐다. 그의 투구폼은 마치 물 흐르듯 유연했고 극도로 간결하기까지 했다. 도무지 군더더기를 찾아볼 수 없는 투구였다.

삼열의 투구를 직접 보니 롱런을 할 선수가 확실했다. 신인이 저 정도의 안정적인 투구를 보여준다는 것은 거의 불가능에 가까웠다.

삼열은 2번 타자와 3번 타자를 모두 공 세 개로 투수 앞 땅볼과 플라이볼로 가볍게 잡아버렸다. 1회에 그가 던진 공은 여섯 개에 불과했다. 그가 마운드에서 내려가자 일부 관중들이 일어나서 박수를 쳤다. 송재진 해설위원도 일어나 삼열의 투구에 박수를 치고 싶었다.

생방송으로 나가기에 말실수해서는 안 된다. 마이크가 꺼져 있는지를 반드시 확인해야 한다. 한국에서 이 시간에 광고 방송을 하겠지만 조심해야 했다.

"어떻습니까?"

장영필 아나운서가 송재진 해설 위원에게 물었다. 그는 야구 중계 경력이 있지만 송재진과 같이 한 적은 없어 아직 서먹서먹한 사이였다.

"방송 중에 이야기했듯이 투구폼이 굉장히 좋습니다. 마치 투구의 교과서를 보는 듯하네요. 게다가 강력한 공을 가지고 있고, 여섯 개의 공을 던졌는데 모두 폼은 같았지만 내용은 달랐어요. 뭐를 던졌는지 정확하게 알 수 없지만 굉장해요."

"저도 그렇게 생각하긴 했는데 보기보다 더 대단한가 보네요."

장영필도 삼열의 투구 내용이 너무 강력해서 뭐라 말하기가 힘들었다.

"박찬호 이후 최고의 야구 스타가 나왔네요."

"그러게요. 만약 부상만 없다면 누구도 치지 못할 투수로 변할 가능성이 높아요. 그 이유는 강삼열 선수가 아주 영리한 투구를 하기 때문입니다. 절대 무리를 하지 않으면서도 상대를 압도해서 스윙하게 만드는 것은 생각보다 어렵거든요."

송재진 해설 위원도 대학 때까지는 야구를 했다. 투수는 아니었지만 상대 투수가 던지는 공을 많이 상대해 보았기에 타자들의 심리 상태에 대해서는 누구보다 잘 알았다. 지금 밀워키 브루어스 타자들이 공황 상태라는 것은 굳이 말하지 않아도 알 만했다.

"아, 강삼열 선수가 1루 쪽으로 가서 아이들하고 뭔가 이야기를 주고받고 있는데요. 여자아이에게 뭔가를 해주는데 뭘까요?"

"흠, 아마도 여자아이의 생일이나 기념일이 아닌가 싶네요."

"아, 그렇겠군요."

둘이 이야기를 하며 시간을 보내는데 컵스의 공격이 시작되었다. 컵스가 공격할 때는 아무래도 상대적으로 방송하기가 쉬웠다. 한국의 야구팬들은 삼열을 중심으로 야구를 시청하기 때문이다. 선수들의 기록을 이야기하고 선수들에 얽힌 에피소드를 이야기해 주면 되었다.

올해 시카고 컵스는 확실히 달라졌다. 선수들의 눈빛부터 달라졌고 꼭 치겠다는 강한 의지도 보였다. 팀 분위기도 이전과는 아주 달랐다.

짐 캐서가 타석으로 들어서자 더그아웃에서 그를 응원하는 소리가 터져 나왔다. 짐 캐서는 2000년 캔자스시티 로열즈에 입단한 이래 13년을 메이저리그에서 뛰었다. 올해는 시카고 컵스와의 계약 마지막 해이다.

지난해보다 잘해야 할 이유가 그에게는 있었다. 공이 날아오자 그는 배트를 휘둘렀다.

딱.

공이 멀리 뻗어 가지 못하고 외야 플라이로 아웃되고 말았다. 오늘 레리 울프의 공은 묵직하고 다양한 궤도로 날아와 짐 캐서를 힘들게 했다. 레리 울프는 홈에서는 아주 수준급의 경기를 펼치는 선수였는데 원정 성적도 나쁘지 않았다.

2번 타자는 스트롱 케인, 요즘 뜨고 있는 선수 중 한 명이었다. 작년에도 수준급의 성적을 내었고 나이가 어려 앞으로 더 성장할 가능성이 높은 선수다. 작년 시카고 컵스가 완전히 꼴찌로 주저앉았을 때도 그 혼자서 3할 이상을 때린 선수다.

딱.

그는 레리 울프의 4구째 공을 노려 쳐 좌중간 안타를 만들어 1루로 출루했다. 확실히 올해는 작년보다 배트의 스피드가 빨라져 안타를 치는 횟수가 많아지고 있었다.

"호오, 정말 잘하는데."

어제 승리한 다비드 위드가 삼열을 보며 말했다. 그는 유독 삼열에게 호의적이었다. 물론 컵스 선수들 대부분이 그랬지만 말이다.

"요즘 같으면 할 만하지?"

"그럼. 작년보다 컨디션이 좋아진 것도 있지만 타자들의 타율이 올랐고 집중력은 작년과 비교하면 엄청난 차이를 보여주고 있으니 나도 이게 작년의 그 팀인가 싶어."

"넌 어때?"

"나도 괜찮아. 메이저리그에서 벌써 2승이잖아. 이렇게 나가면 아마 신인상은 내가 차지할 것 같은데?"

"상에 욕심 있구나?"

"별로. 난 야구를 하는 게 행복해. 물론 야구로 돈을 벌지만 어쨌든 난 야구가 좋아."

"그레이트! 굿 잡!"

다비드 위드가 삼열의 등을 탁탁 쳤다. 3번 타자 이안 벅스가 병살을 치는 바람에 시카고 컵스의 공격은 끝나고 말았다. 삼열은 그 모습을 보며 위드에게 말했다.

"다음 회에 레리 핀처가 홈런을 치겠는데."

"왜?"

"왠지 그럴 것 같아."

"쳇, 빨리 나가봐라."

삼열은 다시 마운드에서 공을 던졌다. 제구가 워낙 좋으니 밀워키 브루어스의 타자들은 속수무책이었다. 100마일을 찍는 직구가 있으니 선수들은 스트라이크 비슷하면 무조건 배트를 휘둘러야 했다. 하지만 삼열의 무기는 빠른 구속이 아니었다.

공 끝의 무브먼트가 날카롭고 공이 무거워서 실투가 아니고서는 장타가 나오기 힘들었다.

레리 울프가 노련함으로 시카고 컵스의 타자를 요리했다면 삼열은 힘과 스피드, 그리고 제구력으로 맞섰다. 영리한 피칭을 하는 삼열이었지만 경험에서 오는 지혜는 아직 많지 않았다.

하지만 워낙 구질이 좋다 보니 밀워키 브루어스의 타자들이 공을 전혀 치지 못했다. 분명 같은 동작으로 던지는 공인데 어떨 때는 엄청난 속도로 날아와 미트에 꽂히거나 바깥으로 휘어져 나가곤 했다.

4번 타자 킹 레미너스가 배트를 휘둘렀다.

딱.

킹 레미너스가 친 공이 3루 쪽으로 데굴데굴 굴러가자 3루수 이안 벅스가 재빨리 잡아 1루로 송구하였다.

"아웃!"

킹 레미너스는 더그아웃으로 들어오면서 고개를 흔들었다.

킹 레미너스. 그는 2년 전까지 시카고 컵스에서 활약한 바가 있고 메이저리그의 정상급 3루수로 통한다. 작년에도 0.308의 타율과 107타점을 올린 바가 있다.

올해는 전체적으로 타자들이 부진해 그 역시 타율이 점점 낮아지고 있었다. 선두 타자가 출루를 제대로 못하니 중심 타자인 그가 안타를 쳐도 득점으로 연결되지 않는 경우가 많았던 것이다.

5번 타자 맷 하트가 나와 타석에 섰다. 킹 레미너스가 고개를 흔들 정도로 좋은 공을 던지는 투수를 보며 그는 이를 악물었다.

'반드시 친다.'

밀워키 브루어스가 약해진 것은 주전 선수들의 트레이드가 원인이었다. 재작년에 96승을 하고도 월드 시리즈에 진출하지 못한 것이 치명적이었다.

삼열은 타자에게서 느껴지는 강렬한 의지를 읽었다. 자세 자체가, 그의 몸에서 풍기는 오라가 다른 타자들과 사뭇 달랐다.

'노리고 있군.'

삼열은 정직하게 던지면 맞을 수도 있다는 생각에 스트라이크 존에서 공을 한 개 정도 빠지게 던져 보았다.

펑.

"스트라이크."

타자의 배트가 헛돌았다. 역시 생각한 대로 단단히 노리고 있었던 모양이다. 좌타자인 그는 우투수에게 유리하다고 여겼지만 그것도 아니었다.

좌타자가 우타자에게 유리한 것은 날아오는 투수의 공을 대각선 방향에서 바라볼 수 있어 공을 그만큼 빨리 볼 수 있다는 점이다.

공이 스트라이크 존으로 날아들자 맷 하트는 빠르게 배트를 휘둘렀다.

딱.

배트가 부러지면서 1루수 쪽 파울 라인으로 날아갔고 공은 투수 앞으로 굴러갔다. 삼열은 공을 느긋하게 잡아 1루로 던졌다.

송재진 해설 위원은 배트가 부러진 것을 보고 삼열이 컷 패스트볼을 던진 것을 눈치챘다. 아직은 그가 동일한 자세로 공을 던져서 무엇인지 확신할 수 없었다.

멀리서 보다 보니 컷 패스트볼인지, 투심인지, 슬라이더인지 감이야 오지만 투수에게 물어보지 않으면 확언하기가 어려웠다.

하지만 컷 패스트볼에 회전이 많이 걸리면 배트 브레이크볼이라는 별명이 있는 리베라의 공처럼 쉽게 배트가 부러진다.

이는 타자가 배트의 중심에 공을 맞춰야 하는데, 그 타이밍에 공이 휘어져 아랫부분을 때려 배트가 힘없이 부러지는 것이다.

—아, 대단합니다. 이것은 마치 마리아노 리베라의 커터를 보는 듯한 느낌이 듭니다. 저 어린 선수가 저 정도의 컷 패스트볼을 던질 수 있다는 것은 정말 경이로운 일이죠. 사실 국내 투수들 가운데 커터를 던지는 투수가 몇 되지 않는 것은 그만큼 배우기가 까다로운 구질이기 때문입니다. 왜냐하면 커터는 기본적으로 속구(速球)가 없으면 무용지물인 구종이기 때문입니다. 그립을 쥐는 방식은 슬라이더와 동일하지만 팔을 뒤틀지 않고 중지로 변화를 일으키기에 손가락의 악력이 아주 강해야 합니다.

—중지로 공의 변화를 준다면 따로 손가락 운동을 해야 한다는 것인가요? 악력 운동 같은 거 말이죠.

—물론 도움은 되지만 저 정도의 공을 던지려면 타고나야 합니다. 훈련으로 악력을 키우는 것도 한계가 있거든요.

—들리는 말로는 마리아노 리베라는 손가락 물집이 자주 생긴다는데 그것도 커터 때문이군요.

—그렇습니다. 중지의 힘으로 변화를 줘야 하니까 아주 강하게 손가락으로 밀어야겠죠. 그렇게 되면 아무래도 손가락 끝에 물집이 생기기가 쉽겠죠.

─흠, 그렇군요. 아, 그런데 강삼열 선수 대단하군요. 박찬호 이후 최고의 선수인 것 같습니다.

─박찬호 선수는 우리나라가 IMF일 때 국민에게 힘과 용기를 많이 주지 않았습니까? 그런 면에 있어서 박찬호의 업적은 아무리 높이 평가를 해도 지나치지 않다고 봅니다. 그런데 박찬호 선수와 강삼열 선수는 성격이 매우 다릅니다. 박찬호는 진중하고 차분한 반면 강삼열 선수는 악동 기질이 있다고 들었습니다. 그리고 메이저리그 세 번째 경기에서 이렇게 사랑받는 선수는 거의 드물죠. 아니, 없다고 봐야죠. 정말 대단한 선수입니다.

송재진 해설 위원은 거듭 삼열을 칭찬했다. 그가 삼열이 롱런을 하리라 생각하는 이유는 그의 지적 능력 때문이기도 하다. 서울대를 수석 입학했다는 의미는 IQ가 매우 높다는 것을 의미하며, 이는 선수로서 대성할 수 있는 조건 중 하나가 충족되었다는 것을 의미한다.

세계적인 스포츠 스타 중에서 IQ가 낮은 사람은 별로 없다. 물론 IQ뿐만 아니라 EQ도 매우 중요하다. 어떤 분야에 있든지 최고의 업적을 내기 위해서는 사물의 본질을 깨닫는 지혜가 있어야 한다. 그러기 위해서는 적어도 멍청해서는 안 된다.

삼열은 절대로 자만하거나 방심하지 않기로 결심했다. 큰 점수 차로 이기고 있는 것도 아니니 말이다. 그래서 공 하나 던지는 데에도 집중할 수밖에 없었다.

삼열은 조 엔젤을 상대로 공을 던졌다. 공이 타자 앞에서 옆으로 휘었다.

펑.

"스트라이크."

공이 스트라이크 존에서 살짝 빠졌지만 뒤에서 판정하는 주심의 입장에서는 스트라이크처럼 보였다. 투수가 마운드에서 던져서 홈 플레이트에 도달하는 데 걸리는 시간은 0.4초, 플레이트 앞에서 변하는 것은 0.05초도 걸리지 않는다. 게다가 포수는 항상 미트질을 주심 모르게 스트라이크 존으로 보이게끔 한다.

조 엔젤이 주심을 한 번 바라보고는 다시 타석에 들어섰다. 판정에 불만이 있었지만 그렇다고 그것을 그대로 표출할 수는 없었다. 메이저리그에서 심판의 권위는 그야말로 막강하니까.

조 엔젤은 상대 투수가 공격적인 피칭을 한다는 것을 알아차렸다. 그렇기에 자신이 치지 않으면 삼진을 당할 것이 분명했다.

'쳐야 한다.'

공이 다시 스트라이크 존으로 날아왔다.

"젠장, 가보자."

그는 힘껏 배트를 휘둘렀다. 공이 눈앞에서 다시 휘어져 들어온 것을 끌어당겨 쳤다. 공이 데굴데굴 굴러가자 2루수 로버트가 순식간에 달려와 공을 잡아 1루에 던졌다.

존 포닉 감독은 얼굴을 찌푸렸다. 상대 투수가 어리지만 메이저리그 자책점 1위라 은근히 걱정했는데 예상대로 제구력이 무척이나 좋았다. 그리고 삼열의 구위에 밀워키 브루어스의 타자들이 맥을 못 췄다.

"후우, 굉장한 신인이 등장했군. 또 한 명의 마틴 스트라우스가 탄생했어."

제이 파머스 벤치 코치가 고개를 끄덕였다.

"투구폼이 매우 간결하고 유연합니다. 괴물이에요."

제이 파머스의 말에 존 포닉 감독은 고개를 끄덕였다. 그가 봐도 나무랄 데가 없는 투수였다. 로케이션이 항상 일정했다.

재능만으로는 결코 이런 투구폼이 나오지 않는다. 엄청난 노력을 하지 않으면 저렇게 간결한 투구폼이 나올 수 없다는 것을 존 포닉은 너무나 잘 알고 있다.

LA 에인절스 벤치 코치로 일했던 그는 감독 데뷔 첫해에 밀워키 브루어스를 중부 지구 우승으로 이끌었지만 월드 시리즈 진출을 하지 못한 것은 뼈아픈 실책이었다. 그리고 그것이 밀워키 브루어스가 침체에 빠지게 된 계기가 되기도 했다.

벤치 코치는 경기하는 동안 작전과 선수 기용을 지휘하는 코치로, 일반적으로 감독을 보좌하는 수석 코치를 말한다.

제이 파머스 코치는 어제부터 감독과 함께 삼열의 공을 공략할 방법을 의논하였지만 딱히 생각나는 것이 없었다. 강속구에 제구력까지 갖춘 투수를 공략하는 것은 결코 쉽지 않다. 게다가 무엇보다도 신인 투수라 그에 대한 연구 기록이 없다. 차라리 투수가 실수할 때를 기다리는 것이 오히려 편하다.

그러나 원정 경기라고는 하지만 오늘도 진다면 1승 3패가 된다. 그러면 곤란해진다. 왜냐하면 요즘 브루어스의 홈경기 승률도 좋지 않아서다. 생각보다 프린스 필더의 공백이 너무 컸다. 그 외 중심 타자들이 팀을 떠난 영향도 있었다.

게다가 지난 몇 년 동안 관중의 수입이 줄어든 것이 치명적으로 작용하였다. 재정이 열악한 구단의 사정상 쓸 만한 타자나 투수를 계속 팀에 붙잡아둘 수 없기 때문이다.

2회 말이 되자 선두 타자로 레리 핀처가 타석으로 걸어 나왔다. 레리 핀처는 배트를 좌우로 흔들며 타석에 섰다. 그가 분명 제 몫을 못 해주는 것은 맞지만, 그것은 그의 연봉 대비 효율성이 떨어지는 것이지 성적이 안 좋다는 건 아니었다. 작년에도 그는 팀 내에서 두 번째로 많은 타점을 올렸었다.

레리 울프 투수는 포수의 사인을 보고 고개를 좌우로 가볍게 흔들었다. 그는 뭔가 마음에 들지 않는지 연신 고개를 흔들었다. 그리고 마침내 공을 던졌다. 강한 스핀이 먹힌 공이 빠르게 들어왔다.

펑.

"스트라이크."

바깥쪽을 살짝 걸친 스트라이크였다. 레리 핀처는 덤덤하게 상대 투수를 바라보았다. 그리고 배트를 몇 번 휘둘러보고 다시 타석에 들어섰다. 레리 울프 투수는 체인지업과 슬라이더를 잘 던지는데, 제2구에 슬라이더를 던졌다.

딱.

레리 핀처의 배트가 힘차게 돌았다. 공이 쭉쭉 뻗어가다가 담쟁이덩굴 사이로 사라졌다. 브루어스의 선수는 공을 찾기를 포기했다.

덕분에 레리 핀처는 2루까지 걸어나갔다. 언타이틀 투 베이스 룰이 적용된 것이다. 이를 그라운드 룰 더블이라고도 하는데, 2, 3루타성 타구가 그라운드에 맞고 담장을 넘어가거나 공이 담장 틈 사이에 낀 경우에는 2루타를 선언한다.

다음 타자는 로버트 메트릭. 원래는 5번 타자로는 존 마크가 주전이었지만 요즘 그의 타격 감각이 좋지 않아 뒤로 밀렸다.

삼열은 당당하게 타석에 들어서는 로버트를 보며 미운 놈이지만 그가 안타를 치기를 바랐다. 요즘 그는 타격에 꽂이

피고 있어서 선전을 기대해 볼 만했다.

로버트는 타석에 들어서서 상대 투수를 노려보았다. 그는 이제 어떤 투수도 무섭지 않았다. 겨우내 코피를 흘리며 몸살에 걸릴 정도로 고생하면서도 빠지지 않고 연습한 효과가 나타났다.

그는 어떠한 투수를 만나도 절대로 주눅이 들지 않는다. 그는 삼열이 투구훈련을 할 때 유독 손목 운동에 정성을 쏟는 것을 보고 물었었다.

"너는 왜 손목 운동을 그렇게 열심히 하는 거냐?"

"손목의 힘이 곧 공의 위력으로 나타나니까. 상식인데 그것도 모르냐?"

"물론 알지."

로버트도 알고 있었다. 아니, 야구 선수라면 모두 알고 있을 것이다. 그러나 누구도 삼열처럼 정성을 다해 연습하지는 않았다. 로버트는 새삼 그 말을 떠올리며 그 훈련을 따라서 해 보았다.

무척 고통스러웠다. 미스터 아메리카에 나가는 것도 아닌데 아령을 들고 운동을 하자니 마음이 좋지는 않았지만 효과는 좋았다. 예전과 달리 안타를 치면 확실히 장타가 많이 나왔던 것이다.

레리 울프가 공을 던졌다. 공이 낮게 제구가 되어 날아갔다. 로버트가 타석에서 배트를 빠르게 휘둘렀다.

딱.

낮게 제구되어 들어오는 공을 로버트가 어퍼 스윙으로 걸어 올렸다.

더그아웃에 있던 선수들이 일제히 일어났다. 공이 펜스를 약간의 차이로 넘어갔다. 펜스 끝에 부딪힌 공이 다행하게도 안으로 들어간 것이다.

"홈런이야!"

"또 넘겼어."

홈런을 맞은 레리 울프는 망연자실한 표정으로 마운드에 섰다. 오늘은 컨디션도 나쁘지 않았고 실투도 아니었다. 그런데도 홈런이 되었다. 상대 타자가 잘 친 게 맞았다.

"와~ 저 녀석, 네가 던지면 펄펄 나는데."

"그, 그러게요."

라이언 호크가 옆에 앉아 말하자 삼열도 고개를 끄덕였다. 로버트는 열네 경기 만에 홈런을 세 개 쳤는데 그중 두 개가 삼열이 등판한 날에 나온 것이다.

"저 녀석, 너랑 아옹다옹하지만 네 파트너인가 보다. 아니면 도우미이든가."

"하하, 파트너는요. 도우미겠죠."

라이언 호크는 빙그레 웃었다. 겉으로 보면 둘이 서로 싫어

하는 것 같지만 사실은 은근히 상대방을 챙기는 것을 잘 알고 있었다.

상대방이 없다면 아쉬워지는 것은 바로 자기라는 것을 알고 있기 때문이다.

그들은 훈련의 라이벌인 서로가 없어지면 지금처럼 열심히 훈련하지 못할 것을 너무나 잘 알고 있었다. 경쟁자가 있으니 이를 악물고 참으며 훈련을 했던 것이다.

로버트는 유독 삼열을 바라보며 '내가 이 정도야. 봤지?' 하는 표정이었다. 삼열이 고개를 돌려 그런 그를 외면하자 로버트는 피식 웃었다.

6번 타자 스티브 칼스버그가 볼넷으로 걸어 나갔지만 마음을 다잡은 레리 울프는 다음 타자를 더블플레이로 잡았다. 역시 존 마크가 문제였다. 타격에서 요즘 헛발질을 하고 있지만 수비에서 그의 역할이 워낙 커서 뺄 수가 없었다.

8번 타자 존 레이가 삼진으로 물러나면서 공수가 교대되었다.

삼열은 3회에 마운드에 올랐다. 2점 차로 앞서니 마음이 편해졌다. 그가 호흡을 크게 하고 가슴을 쭉 펴자 사방에서 '파워 업!'이라는 소리가 울려 퍼졌다.

전광판 스크린에 삼열을 응원하는 아이들이 비치더니 그 사이에서 삼열을 열렬하게 응원하는 한 미녀에게 카메라 앵글이 한동안 머물렀다.

마리아는 자신의 얼굴이 전광판에 나오자 웃으며 손을 흔들었다. 카메라는 다른 곳을 찍다가도 틈만 나면 그녀를 비추었다.

카메라 감독의 의도였던 것 같았다. 미인인 탓도 있지만, 삼열을 열렬하게 응원을 하는 모습도 충분히 카메라에 담을 만했기 때문일 것이다.

삼열이 1회에 던진 공은 여섯 개, 2회는 열 개다. 레리 울프는 1, 2회를 합해 34개의 공을 던졌다. 그가 삼열보다 두 배이상을 던진 것이다.

7번 타자 조나단 루크가 걸어 나왔다. 그는 타석에 서기 전에 배트를 휘둘러 보았지만 그다지 자신이 있는 표정은 아니었다. 그는 타석에 서서 배트를 좌우로 흔들었다.

삼열이 와인드업 후에 공을 던졌다.

딱.

타구가 외야로 뻗어나갔다. 레리 핀처가 그라운드에 튕긴 공을 재빨리 공을 잡아 2루 쪽으로 던지자 타자는 1루까지밖에 진루를 하지 못했다.

1루에 진루한 조나단 루크는 자신이 안타를 친 것이 믿기지가 않는지 연신 손을 쥐었다 폈다 했다.

삼열은 투심 패스트볼은 던지면서 밋밋하게 들어간 것을

깨닫고는 마음을 다잡았다. 2점을 얻었다고 방심하자마자 바로 맞은 것이다.

'참, 메이저리그에는 쉬운 타자가 한 명도 없군.'

사실 투심 패스트볼이 밋밋하게 들어가긴 했지만 타자가 휘두른 배트에 빗맞아서 운 좋게 외야로 날아간 것에 불과했다. 그래도 삼열은 다시 한 번 마음을 가다듬었다.

상대 타자가 바뀌자 삼열은 바로 공을 던졌다. 공이 예리하게 날아가 포수의 미트에 꽂혔다.

펑.

"스트라이크."

굉장히 빠르고 날카로운 공이었다. 삼열은 상대 타자에게 집중을 하느라 1루 주자가 2루로 도루하는 것을 보지 못했다. 그것은 포수인 스티브 칼스버그도 마찬가지였다. 아니, 놓쳤다기보다는 애초에 신경도 쓰지 않았다.

1루 주자가 2루로 뛰면 포수가 수비하는 행위를 하거나 해야 하는데 지금은 안타까워하는 표정조차 없었다. 그만큼 삼열의 공에 대한 믿음이 컸기 때문이다.

상황을 보면 수비 의지가 없었기 때문에 무관심 도루가 되어 야수 선택에 의해 진루한 것으로 기록되어야 하지만, 경기의 초중반에는 무관심 도루를 제한하는 규정이 있어 그대로 도루가 되었다.

삼열은 2루에 있는 타자를 전혀 신경 쓰지 않으면서 공을 던졌다.

딱.

2루 위로 날아가는 타구를 로버트가 껑충 뛰어 잡았다. 역시 로버트는 수비의 귀재였다. 그의 옆에 날아가는 공은 모두 거미줄에 걸린 것처럼 그의 손을 벗어나지 못했다.

유격수가 재빨리 2루로 달려가 커버하자 로버트가 2루로 공을 던져 주자를 아웃시켰다. 다시 투 아웃에 누상에 주자가 없어졌다.

삼열은 마지막 9번 타자로 나선 레리 울프를 3구 삼진을 잡아버렸다. 그리고 3회 초가 끝났다.

마리아는 더그아웃으로 사라지는 삼열을 보며 박수를 쳤다. 그녀의 주위에는 꼬마들이 떠나지 않고 맴돌고 있었다.

"자, 다시 한 번. 파워 업!"

"파워 업!"

"수고했다. 멋있어. 굿!"

"누나도 저 형아 팬이구나."

"그럼, 그는 멋진 투수야."

"맞아요. 저 파워 업 맨은 아이들의 우상이에요. 아이들을 좋아하는 선수라도 저 형만큼 아껴주거나 챙겨주지 않거든요. 봐요, 오늘 저 형이 메이저리그 공식구에 사인까지 해서

줬어요."

마리아는 선물에 약한 아이들의 순진한 얼굴을 보며 미소를 지었다.

이렇게 관중석에서 삼열을 응원하면서 관람하는 경기는 그 무엇보다도 멋졌다.

6. 삼열, 마구를 배우다 II

삼열이 타석에 들어섰다. 예의 그 엄청난 무장을 한 모습으로 나타났다. 언뜻 보면 로보캅처럼 부자연스러웠지만 누구 하나 그에게 뭐라고 하지 않았다.

자신의 안전을 위해 걸치고 나오는데 누가 뭐라고 하겠는가. 다만 보는 사람들은 저렇게 걸치고 배트나 제대로 휘두를 수 있을까 걱정하였다.

삼열은 타석에 서서 상대 투수를 노려보았다. 짧은 시간이라 투구폼까지는 읽지 못했지만 공 배합은 알아냈다. 정확한 것은 아니지만 스트라이크로 던지는 공은 투심이었고 유인할 때는 슬라이더와 체인지업을 던졌다.

이것은 슬라이더와 체인지업의 제구가 나쁘다는 것이 아니었다. 다만 이 세 가지의 구종이 있는데 그중에서 그날따라 아주 미묘하게 손에 감기는, 심리적으로 믿을 수 있는 구질이 따로 있다는 것이다.

그러면 투수는 무의식적으로 가장 좋은 공을 결정구로 사용하게 된다.

펑.

"스트라이크."

역시나 직구로 보이는 공이 미트에 들어와 박혔다. 펑 하는 소리가 아직도 귓가에 들리는 착각이 들 정도로 볼의 위력이 좋았다.

'저렇게 좋으니 믿고 던지겠지.'

삼열은 몸을 풀고 다시 타석에 들어섰다.

어차피 타자들과 비교했을 때 그의 타격은 그다지 뛰어나지 않다. 다만 선구안이 좋았기에 가져다 맞히는 것은 잘할 수 있다.

그래서 그는 정직한 타격으로 밀어치기는 자신이 없지만 손목의 스냅을 이용한 당겨치기는 자신이 있었다. 고의 파울을 때리는 것에는 자신이 있는 것이다. 베이브 루스, 테드 윌리엄스와 같은 타자는 되지 못해도 모든 투수들에게 공포의 대상이었던 투구 수 테러의 달인, 루크 애플링은 될 수 있을 것 같았다.

'그럼 오늘은 몇 개의 공을 던지게 만들까?'

삼열은 스트라이크 존으로 들어오는 공은 모두 커트하기 시작했다.

레리 울프 투수는 미치고 팔짝 뛸 지경이었다. 상대 타자는 투 스트라이크 이후 자신이 던진 공을 커트를 해내고 있었다. 모든 공을 커트하는 건가 싶어서 볼을 던졌더니 그것은 또 전혀 건드리지도 않았다.

투 스트라이크가 된 상황에서도 삼열은 볼로 추정되는 것은 전혀 건드리지 않았다. 이럴 수 있는 것은 삼열이 투수이기 때문이다.

그는 홈런이나 안타에 대한 욕심이 전혀 없었다. 지고 있다면 몰라도 지금은 이기고 있으니 더욱 그러했다.

스핀이 먹힌 공을 원하는 방향으로 보내기란 쉬운 일이 아니다. 탁구에서 스핀 걸린 공을 그냥 막으면 위로 팅겨 올라가 버린다. 원하지 않는 방향으로 말이다.

그러니 스핀이 걸린 공을 칠 때는 자신도 스핀을 먹여야 한다. 무지막지한 손목의 힘을 가지고 있는 삼열은 타격 시에 슬쩍 배트를 비틀면 공이 원하는 방향으로 날아간다는 것을 알고 있었다. 하지만 아직까지 커트 외에는 자신이 없어 안타를 치지 않았다. 지금의 실력으로 친다면 내야 땅볼이 될 확률이 높았기 때문이다.

레리 울프는 점점 화가 났다. 자신이 엄청 신경 써서 던진 공을 상대방이 톡톡 커트해 내고 있었기 때문이다. 날아오는 공을 방향만 바꿔 커트하니 힘들어 보이지도 않았다. 삼열은 그냥 가볍게 공을 톡 건드려 파울을 만들 뿐이었다.

레리 울프는 벌써 아홉 개를 던졌고 이제 열 개째였다. 화가 너무 나서 그는 무심결에 공을 던졌다.

머리끝까지 오른 화 때문에 이성이 마비된 탓이다. 아마도 상대 타자가 투수라서 더 그랬는지도 몰랐다.

레리 울프의 손에서 떠난 공이 스트라이크 존과는 전혀 다른 방향으로 날아갔다. 그는 공이 손에서 떠난 뒤에 아차 싶었다.

퍽 하는 소리와 함께 상대 타자가 쓰러지는 모습이 눈에 들어왔다. 하늘이 노랗게 변했다. 그제야 정신을 차린 레리 울프는 자신이 저지른 잘못이 무엇인지 깨달았다. 야유의 소리가 온 경기장에 가득했다. 심지어 3루 쪽에 있는 밀워키 브루어스의 팬들 사이에서도 나왔다. 상대가 투수라 더 그런 듯했다.

삼열은 바닥에 쓰러졌지만 공에 맞는 순간 몸을 비틀었기에 충격이 많이 완화됐다. 하지만 엄청 아팠다. 정신이 멍할 정도로, 머리에서 마구 종이 뎅뎅뎅 울리는 것만큼 아팠다. 의료진들이 들어와 그를 진료했다. 먼저 그의 보호 장비부터 해체해야 했다.

삼열은 의료진들에 의해 눕혀졌을 때 온몸이 순간적으로 뜨겁다고 느꼈다. 그의 몸 안에 있던 불의 불꽃이 심장에서 흘러나와 흩어져 있던 불꽃을 모으더니 공에 맞은 부위로 몰려든 것이다. 따뜻한 불꽃이 때로 용암처럼 뜨겁게 작동하면 그의 몸도 저절로 움찔거렸다.

보호구가 해체되고 나자 의료진들이 그의 상태를 진료하기 시작했다. 그들이 그를 병원으로 이송하려고 할 때 삼열이 아주 천천히 움직였다.

"괘, 괜찮아요."

삼열은 천천히 일어나 앉았다. 그러자 불꽃이 다시 심장으로 돌아가면서 다른 작은 불꽃의 씨앗들도 다시 온몸으로 흩어지기 시작했다.

삼열은 일어났다. 그리고 투수를 노려보고는 소리를 질렀다.

"으아!"

삼열은 크게 소리를 지르고 천천히 1루로 걸어갔다. 관중들은 그가 소리를 지를 때 분명 마운드로 달려가 주먹을 날릴 것으로 생각했다. 하지만 삼열은 땅만 보고 1루로 걸어갈 뿐이었다.

관중석에서 한두 명씩 일어나 그에게 박수를 보내기 시작했다. 그가 쓰러진 것은 3분 가까이나 되었고 일어나 정신을 차리는 데도 2분 가까이 걸렸었다.

삼열은 공을 맞았을 때 헉 하고 허파에 바람이 들어갈 정도로 답답함을 느꼈다. 마치 명치를 주먹으로 맞았을 때의 느낌과 비슷했는데 왜 그런 증상이 나타났는지는 삼열도 알 수 없었다.

삼열이 1루에 도착했을 때는 대부분의 관중이 기립하여 그에게 박수를 보내고 있었다.

삼열은 공에 사람이 맞으면 얼마나 위험한지를 깨닫게 되자 고의로 히트 바이 어 피치드 볼을 던질 마음이 사라졌다. 이전에는 '나를 맞혀? 그럼 두 배로, 아니 열 배로 보복해 주마', 이런 생각이었는데 지금은 그런 생각이 바뀌었다.

삼열은 자기에게 박수를 보내주는 관중을 향해 모자를 벗고 손을 흔들었다. 그러자 더 큰 박수가 터져 나왔다.

레리 울프 투수는 고의성이 있다고 인정되어 강판을 당하고 말았다. 실수로 인정될 여지도 있지만 주심은 삼열의 커트에 레리 울프 투수가 감정적으로 대응했다고 본 것이다.

레리 울프는 퇴장을 당하면서 억울했지만 자신의 마음을

통제하지 못한 그 끔찍했던 순간이 기억나 순순히 따랐다.

만약 자신의 공에 맞은 삼열이 큰일을 당했다면 자신은 가해자로 바뀌고 언론과 팬들의 비난을 엄청나게 받을 것이 뻔했다. 그것을 생각하자 다소 안심이 되기도 했다.

삼열은 상대 투수가 바뀌자마자 초구에 2루로 뛰었다. 여기저기서 헉 하는 소리가 터져 나왔다. 그 누구도 삼열이 도루할 것이라고는 짐작조차 못 했다. 쓰러져서 간신히 일어난 후 1루 코치가 대주자를 내려고 하는 것을 삼열이 거부한 것을 보았었다.

대주자를 내면 삼열의 강판이 결정되는 것이라 그도, 구단도 쉽게 결정을 할 수 있는 것은 아니었다. 당연히 투수 교체를 해야 하는데 아직 3회라 불펜 투수들이 움직이지 않고 있었다.

삼열이 쓰러진 후에야 베일 카르도 감독이 지시를 내려 불펜진이 몸을 풀고 있었지만 감독을 포함한 코치진은 삼열이 그대로 있다가 4회에 공을 한두 개 정도 던지면서 시간을 끌기를 원한 것도 있었다.

삼열이 많이 다친 것 같은데 겉으로는 멀쩡해 보이기도 해서 감독이 결정하기가 애매했는데, 본인이 괜찮다고 하니 믿어볼 수밖에 없었다. 그래도 조금만 이상하면 바로 투수 교체를 하려고 준비를 하라고 지시했다.

"와아!"

"대단해."

"역시 파워 업 맨다운 멋진 도루야."

여기저기서 찬사가 터져 나왔다. 삼열은 2루에 서서 관중을 바라보다가 투수가 2구를 준비하자 다시 3루로 뛰었다.

"헉!"

"오 마이 갓!"

"말도 안 돼."

관중들뿐만 아니라 양쪽 더그아웃의 선수들조차 놀라 자리에서 벌떡 일어났다. 그림같이 아름다운 도루였다. 투수가 세트 포지션을 하고 공을 던질 준비를 하자마자 그는 2루 베이스에서 네 걸음이나 나왔고 공이 홈 플레이트 방향으로 향하자마자 바로 3루로 달렸다.

공이 투수의 손을 떠나 포수에게 도달하는 시간은 채 0.5초를 넘기지 않는다. 하지만 포수가 공을 잡고 공을 빼어 송구하는 동작을 취하는 것만으로도 몇 초가 지나간다. 그사이에 주자의 도루가 가능한 것이다.

달리면서도 자신이 언제 부상당했는지 궁금할 정도로 삼열의 몸 상태는 좋았다. 이번에는 등 쪽을 맞았기에 보호 장비의 도움조차 그다지 받지 못했는데 말이다.

사람들은 투수가 연달아 도루하자 굉장히 놀라워했다. 그것도 상대 투수가 한 타자를 상대하는 동안 연거푸 도루하는 것은 굉장히 이례적이었다.

또 삼열 같은 투수에게 도루는 금기나 마찬가지였다. 부상의 위험도 상대적으로 많고, 설혹 부상이 없다고 하더라도 생체 리듬에 영향을 줄 수 있다. 왜냐하면 도루는 전력질주를 해야 하기 때문이다.

투수는 몸의 밸런스가 붕괴되면 더 이상 좋은 공을 던질수가 없다. 투수가 거친 호흡을 내뱉으면서 좋은 공을 던질수 있다고 기대하는 것은 정신 나간 짓이다.

삼열은 숨을 가다듬고 깊게 호흡을 해 허파에 많은 공기를 채웠다. 그러자 몸도 마음도 쉽게 안정이 되었다. 몸에 공을 맞기 전과 비교했을 때도 차이가 그다지 없었다.

1번 타자 짐 캐서가 제3구에 배트를 날카롭게 휘둘렀다.

딱.

2루수 조나단 루크는 자신의 옆으로 오는 공을 잡아 재빨리 1루로 던져서 1번 타자를 잡았다. 삼열이 이미 홈 근처까지 도달해 있어 포기하고 1루로 던진 것이다. 그사이 삼열은 가볍게 홈으로 파고들었다.

"와아!"

"굉장해!"

"역시 파워 업 맨이야!"

또다시 리글리 필드에서 박수가 터져 나왔다. 득점이 되고 숨을 돌리는 순간 전광판에는 그가 홈인하는 모습이 방송되고 있었다.

그리고 아까 그가 부상을 당해 쓰러진 모습과 관중들의 반응이 보였다. 놀라는 모습, 경악하는 모습, 그리고 눈물을 흘리고 있는 마리아의 모습이 나왔다.

카메라 감독은 삼열이 부상을 당하자 당연히 그를 열렬하게 응원했던 미녀의 반응을 보고 싶어 했던 것이다. 걱정이 가득한 눈으로 눈물을 흘리는 모습을 보자 삼열의 심장이 덜컥 무너져 내렸다.

여자의 눈물을 보면 마음이 좋지 못하다. 아무 상관없는 여자의 눈물이라도 그러한데 삼열에게 마리아는 아무나가 아니었다. 서로 사랑하기로 묵게 비슷한 것을 한 사이였다.

그런 그녀가 울고 있으니 삼열의 마음 한구석이 애틋하고 애잔해졌다. 그리고 그 순간 그녀가 그의 마음속으로 완전히 들어와 버렸다.

"와아, 엄청난 미인인데."

더그아웃에 있던 선수들은 모두 전광판에 나타난 마리아의 얼굴을 보고는 감탄을 했다.

"어, 나 저 여자 아는데. 우리 구단의 직원이야. 어디 부서라고 했는데 엄청나게 예뻐서 그날 기절할 뻔했지."

"저 엄청나게 예쁜 여자가 왜 하필 삼열 강을 위해 울어주는 거야, 쳇."

"다른 뜻이 있겠냐? 마음이 착해서 그런 것이겠지. 오 마이 비너스!"

"넌 애인 있잖아."

"있다고 생각도 못 하냐?"

삼열은 더그아웃에서 들려오는 소리를 들으며 그대로 의자로 갔다. 그가 누우려고 하자 옆에 앉았던 투수들이 자리를 비켜주었다.

눈을 감자 어둠이 밀려왔다. 어둠 속에서 수화의 얼굴이 점점 흐려지더니 환하게 웃는 마리아가 나타났다. 그리고 그는 잠에 깊이 빠져들었다. 아주 잠깐이지만 정말 깊은 잠이었다. 삼열은 깊은 어둠이 두렵지 않았다. 그것은 마치 엄마의 자궁처럼 편안했다.

삼열이 잠든 사이에 리글리 필드는 뜨거운 열광으로 흔들렸다. 시카고 컵스의 선수들이 신들린 듯 방망이를 휘둘렀고 큰 점수를 낸 것이다.

"야, 일어나!"

케리 우드가 그의 어깨를 잡고 흔들었다. 눈을 뜬 삼열이 무슨 일이냐는 표정으로 바라보자 케리 우드는 피식 웃으며 수비를 보러 그라운드로 나가라고 했다.

"아, 경기 중이었지."

삼열은 벤치에 누웠다가 깜빡 잠이 든 것이라고 여기고 천천히 마운드로 걸어갔다. 그런데 전광판을 바라보자 뭔가 이상했다. 스코어가 7 : 0이 되어 있었다.

"어?"

삼열은 그제야 자기가 잠든 사이에 점수가 많이 난 것을 깨달았다. 그 자신이 홈인해서 얻은 점수를 합해 3 : 0으로 이기고 있었는데 그사이에 남은 아웃 카운트 두 개로 4점이나 더 얻은 것이다.

삼열은 마운드에서 고개를 들고 오만한 표정을 지으며 공을 뿌렸다. 그의 손을 떠난 공이 춤추듯 흔들거리며 날아갔다. 그리고 그런 그의 공에 브루어스의 타자들은 손도 대지 못했다.

'어, 공이 더 날카로워진 것 같잖아?'

벤치에서 아주 잠깐 자고 일어났더니 몸이 가벼워진 것은 느꼈지만 공이 이렇게 위력적으로 바뀔 줄은 몰랐다.

하지만 그가 5회를 마치고 내려오자마자 감독은 바로 투수를 교체했다. 삼열은 더 던지고 싶었지만 이미 승리 투수의 요건이 되었고 7점이나 앞서고 있었기에 더 던지는 것도 의미가 없어 감독의 지시에 순순하게 동의했다.

삼열은 마운드에서 내려와 벤치에 앉았다. 다른 타자들도 모두 의자에 앉아 편안한 마음으로 경기를 관람하기 시작했다. 삼열은 선수들이 경기하는 것을 보며 조그맣게 중얼거렸다.

"왜 나는 이렇게 히트 바이 어 피치드 볼이 많은지 모르겠네."

"내가 말해 주지."

매튜 뉴먼이 삼열의 옆에 있다가 말했다.

"내가 상대 투수라고 해도 너에게 그런 공을 던졌을 거다."

"그럼 그 녀석이 일부러 몸에 맞는 공을 던졌단 말이야? 그건 아닌 것 같던데."

"당연히 아니지. 아무리 상대방이 밉다고 그런 무시무시한 공을 맨정신으로 던질 수 있었겠냐? 멘탈이 순간적으로 붕괴되어 공을 던졌는데 그게 너에게 날아갔겠지."

"어떻게 알아?"

"나도 너처럼 얄밉고 뺀질뺀질하고 분노를 유발하는 얼굴과 몇 번 마운드에서 마주쳤거든. 그때 나도 이성을 잃었었어. 나의 경우는 상대 선수에게 공이 날아간 것이 아니라 폭투가 되었을 뿐이야. 그때는 무척 억울했는데 지금 생각해 보면 정말 행운이었다고 생각해, 그 폭투가."

"왜?"

"왜겠어? 내 공의 스피드는 그다지 나쁘지 않아. 실투였다면 공이 손을 떠나는 순간 힘이 분산되겠지만 분노로 날아가는 공은 그렇지가 않아. 실투이긴 해도 손끝에 걸리는 힘이 그대로라는 것이지. 방향만 다를 뿐. 그걸 사람이 맞았다고 생각해 봐. 잘못하면 죽을 수도 있어."

"흠, 그렇군. 그래서 그 월터 존슨 할배가 몸쪽 공을 안 던진 것이었군."

"너도 참, 월터 존슨을 그렇게 표현하는 사람은 너밖에 없을 거다."

"그분 오래 살았을걸?"

"글쎄다. 59세에 죽었으니 할아버지는 아니지."

"아, 그렇군. 아저씨였구나. 정정."

"후후, 그나저나 너 그 얄미운 태도랑 표정은 좀 바꿔라. 안 그러면 이번처럼 계속 공에 맞을 수 있어."

"그래야겠어. 다음에는 더 세게 맞을 수도 있으니."

왠지 얼굴만 봐도 주는 것 없이 미운 놈이 있다. 그리고 하는 짓이 너무 얄미워 패고 싶어지는 놈도 있다. 삼열이 야구를 할 때 상대편 입장에서 보면 딱 그랬다. 그의 표정과 행동은 주먹을 부르는 구타 유발감이었다.

중간 계투로 나선 에밀리 젠센이 2이닝을 무실점으로 막고

8회에 나온 카크 트완이 2점 홈런을 맞았다. 그 모습을 보고 삼열이 중얼거렸다.

"워~ 불을 마구 지르는군."

삼열의 말에 매튜 뉴먼이 여자처럼 깔깔거리며 웃었다.

"왜, 네 승리가 날아갈 것 같아 걱정돼?"

"음하하하, 그렇게 돼도 나의 무지막지한 방어율이 실력을 말해 주니 괜찮아. 아니, 사실 괜찮지는 않지만 그런 일이 벌어진다고 하더라도 내가 할 수 있는 게 없잖아. 그냥 닥치고 봐야지."

"오호, 너답지 않은 말이다."

"네가 나를 잘 몰라서 그런 말을 하는 거야. 너한테만 알려주는 건데 난 정말 천사같이 착해. 그런데 사람들이 자기들 마음대로 오해하고 있는 거지."

"오 마이 갓. 지저스 크라이스트."

매튜 뉴먼이 손으로 성호를 그리는 시늉을 하자 옆에 있던 라이언 호크가 인상을 찌푸렸다. 어머니가 가톨릭 신자인 그는 신성 모독의 행동에는 예민하게 반응하곤 했다. 그 사실을 잘 알고 있는 매튜 뉴먼은 그의 눈치를 슬쩍 보더니 자리를 옮겨 도망갔다.

그 후의 경기는 특별할 것이 없었다. 양 팀 모두 김빠진 맥주처럼 무기력한 경기를 벌였다. 이미 승패가 결정되었기에 더 이상의 접전은 없었다.

밀워키 브루어스는 타력에서 딸렸다. 8회에 2점을 낸 것도 수비 실책과 겹쳐서 얻은 것이었다. 의욕이 꺾인 상대로부터 항복을 받아내는 것은 어렵지 않았다.

네 번째 등판했던 투수가 마지막 타자를 삼진으로 잡아내고 마운드에서 내려오자 일제히 선수들이 뛰어나갔다. 승리는 언제나 즐거운 것이 맞았다.

송재진 해설 위원은 첫 방송에 강삼열이 승리 투수가 되자 회심의 미소를 지었다. 아직 강삼열은 국내적으로는 인지도가 높지 않은 선수다. 국내에서 활동도 거의 하지 않았었고 프로 구단을 선택하지 않고 서울대로 진학한 선수였다.

물론 그가 서울대 수석 입학을 했다는 말을 듣고 야구인들도 매우 놀랐었다. 야구를 정상적으로 한 선수는 절대로 그와 같은 성적을 얻을 수 없다는 것을 알고 있기 때문이다. 그럼에도 그는 고교 야구에서 최고의 기량까지 선보였다.

—송재진 해설 위원께서 마무리를 해주시죠.

장영필 아나운서가 마무리 방송 멘트를 하였다.

—강삼열 투수가 마이너리그 계약을 한다고 했을 때 일부에서는 부정적인 의견이 많았습니다. 하지만 그는 메이저리그에서 이미 3승을 거두었고 평균자책점도 기존의 0.55에서 더

내려가 0.415가 되었습니다. 아직 시즌 초반이라 장담하기는 어렵지만 이 정도의 방어율은 마무리 투수들 가운데서도 찾아보기 힘든 놀라운 성적입니다. 앞으로도 강삼열 투수의 선전이 기대되는 이유가 바로 여기에 있습니다. 뛰어난 제구력을 바탕으로 한 강속구와 다양한 구질의 공은 그가 반짝 뜨는 투수가 아님을 알려줍니다. 특히나 3회에 히트 바이 어 피치드 볼을 맞고서 그가 보여준 성숙한 매너는 여기 리글리 필드에 모인 모든 야구팬을 사로잡아 버렸습니다.

이때 긴급으로 선수와 감독의 인터뷰가 있다고 알려지자 장영필 아나운서는 노련하게 중간에 끼어들어 선수들의 인터뷰로 연결하였다.

먼저 시카고 컵스의 베일 카르도 감독이 나왔다.

─승리할 수 있어서 매우 기쁩니다. 특히나 우리의 악동은, 오늘 그가 사랑하는 어린 소년과 소녀들에게 부끄럽지 않은 매너 있고 성숙한 모습을 보여줬습니다. 리글리 필드의 관중들이 그에게 경의를 표했듯이 나 역시 그에게 경의를 표합니다.

─그는 부상이 없나요?

─의료진이 혈압, 맥박 등을 체크해 봤는데 아무 이상이 없었습니다. 하지만 우리는 그를 소중히 여깁니다. 내일 그를 병원으로 데려갈 것입니다.

—강삼열 선수, 한마디 해주시죠.

삼열이 카메라를 보고는 입을 열었다.

—공을 맞았는데 숨이 막힐 것처럼 아팠습니다. 저는 생각했죠. 가끔 공에 맞는 타자들이 참 불쌍하다고요.

—이번 시합에서 누가 제일 잘했다고 생각하십니까?

—컵스의 선수들은 다 압니다. 제가 제일 잘난 놈이라는 걸. 그러니 제가 잘했죠. 로버트, 네가 아무리 노력해도 안돼. 왜냐하면 난 항상 네가 연습하는 것보다 한 시간은 더 몰래 숨어서 한다고. 그리고 어린 나의 친구들. 자, 준비되었나요? 즐겁고 행복하게 외칩시다. 파워~ 업!

삼열은 인터뷰 중에도 파워 업을 외쳤다. 왜냐하면 얼마 있지 않아 파워 업이 새겨진 티셔츠가 판매될 것이기 때문이었다.

사람들은 삼열의 인터뷰를 유쾌하게 바라보았지만 오직 한 사람, 존스타인만은 인상을 찡그렸다. 내용을 알고 있는 그로서는 그가 외친 파워 업이 무엇을 의미하는지 알기 때문이었다. 천재끼리는 통하는 것이 있었다.

"후후, 쉽지 않겠군."

존스타인은 대외 협력 업무팀에서 보고서를 올린 다음부터 이 문제를 주의 깊게 지켜보았다. 그는 작은 종이 한 장을 손으로 만졌다.

삼열의 등 번호 62번이 새겨진 티셔츠는 하루 판매량이 1만 장을 넘어가고 있었다. 오늘 또 기억에 남는 경기를 보았으니 내일부터 판매량이 엄청나게 올라갈 것은 불 보듯 뻔했다.

"할 수 없군. 줄 건 주고 가져올 것은 가져와야지."

앞으로 어떻게 될지 모르지만 한동안 그는 엄청난 인기를 누릴 것이다. 오늘 보여준 그의 강력한 투구 내용과 악동 기질, 그리고 어린이 팬들을 위해 참는 모습을 볼 때 그의 가치는 측정 불가였다.

"싸게 데려왔는데, 녀석이 알아서 자기 것은 자기가 찾아 먹으려고 하는군. 그러니 반대할 수가 없어."

구단에서 소속된 선수의 티셔츠와 사인집, 인형 등을 만들어 팔면 물론 해당 선수에게 수익금의 일부가 돌아간다. 하지만 신인들에게는 거의 없는 것이나 마찬가지의 적은 지분이 돌아간다. 어차피 팔리지도 않을뿐더러 괜히 제작비만 날리는 경우가 허다하기 때문이다.

당연히 삼열과도 별도의 계약을 하지 않았다. 삼열이 이렇게 뜰 줄은 몰랐던 것이다.

선수와 불화가 생기면 구단은 엄청난 손해를 감수해야 한다.

메이저리그 3년 차가 되면 연봉 조정 신청을 하게 되는데,

이때 선수를 잃어버릴 수도 있다. 연봉이 마음에 안 든다고 트레이드를 요구할 수도 있기 때문이다.

물론 구단은 거부할 수도 있지만 선수의 연봉을 맞춰주지도 못하면서 데리고 있는 것은 명백한 착취에 해당하기에 구단의 이미지에 먹칠하게 된다.

"티셔츠를 뺀 나머지는 이제 구단이 가져와야겠지."

존스타인은 서류를 놓고 다시 고민하기 시작했다. 삼열의 가치는 비단 티셔츠에만 있는 것이 아니었다. 어린 팬들을 사로잡아 미래의 팬들까지 모두 선점해 버렸다. 그의 경기를 보고 자란 아이들이 어른이 되어도 여전히 그를 좋아하고 팬으로 남을 것이다.

이제 내년만 지나면 레리 핀처와의 계약이 끝난다. 그리고 1년 더 있으면 삼열은 메이저리그에서 3년 차가 되어 연봉 조정 신청권을 확보하게 된다.

뒤끝이 무지하게 많은 녀석이라고 했으니 일단 장기로 잡아둘 수 있을 때까지 잡아둬야 한다. 섭섭하게 대하면 대놓고 대들 놈이지만 적당히 대우해 주면 군말하지 않고 자기 일을 알아서 하는 선수였다.

존스타인 단장은 미소를 지으며 요즘 잘나가고 있는 컵스를 바라보았다. 그는 올해도 팀이 바닥에서 박박 기게 될 줄 알았다. 작년과 마찬가지로 올해도 선수들을 제대로 보강하지 못했다. 그런데도 지금 중부 지구 1위를 달리고 있다. 2위 팀과는 불과 한 경기 차이지만 이것은 정말 예상을 하지도 못했던 것이다.

다시 TV의 화면에 밀워키 브루어스의 감독 존 포닉이 나왔다.

―우리는 열심히 했지만 패했습니다. 오늘의 경기는 삼열 강 선수 한 사람에게 패한 것이나 다름없습니다.

다시 화면이 바뀌더니 레리 울프 투수가 나왔다. 패전 투수가 되어서인지 표정이 좋지 않았다.

―삼열 강 선수에게 미안합니다. 절대로 고의가 아니었고 큰 부상이 아니라 다행입니다. 멋진 경기를 보여준 삼열 강 선수에게 경의를 표합니다.

*   *   *

삼열은 밀려드는 인터뷰 요청에 정신이 다 날아갈 판이었다. 그는 굳이 돈도 나오지 않는데 친절하게 모든 방송사와 인터뷰를 할 생각이 없었다. 그렇다고 특정 방송사와 척을 지는 것도 곤란했다. 그래서 그는 아픈 척을 했다.

"제가 아주 건강하긴 하지만 아까 맞은 데가 있어서 먼저 좀 가 봐야겠습니다. 다음에 보죠."

삼열이 아프다고 하자 리포터들이 모두 물러났다. 아파서 인터뷰하지 못하겠다는데 뭐라고 하겠는가. 아픈 사람 붙잡고 인터뷰를 하면 무슨 소리를 들을지 뻔하다.

"저기, KBC ESPN의 나성란 기자입니다. 잠시 인터뷰 가능할까요?"

삼열은 고개를 좌우로 흔들었다.

'못한다고 말했잖아. 영어를 더 배우고 오든지. 하여튼 아프다고 핑계를 댔으면 알아서 물러가야지.'

삼열의 반응에 당황한 나성란 기자는 얼굴을 붉히며 급히 마무리를 지었다.

─아, 강삼열 선수가 인터뷰하기 곤란하다는군요. 안타깝지만 오늘 당혹스러운 일을 겪었기에 경황이 없는 것 같습니다. 아무쪼록 몸 관리 잘하시기를 빌며 다음 경기에서 보겠습니다. 시청자 여러분, 지금까지 시청해 주셔서 고맙습니다.

카메라의 불이 꺼지자 장영필 아나운서는 안도의 한숨의 내쉬었다.

"굉장한데요."

"그렇죠? 저도 정말 기대하지 못했습니다. 아시아 선수가 이 정도의 인기가 있을 줄이야."

"그것도 그거지만 정말 공이 무시무시하군요."

"그렇습니다. 그리고 장 아나운서, 메이저리그 방송은 처음이죠?"

"네. 녹화 방송으로 몇 번 해보기는 했지만 생방송은 이번이 처음이었습니다. 송재진 위원께서 잘해주신 덕분에 무사히 방송을 마칠 수 있었습니다. 고맙습니다."

"원래 스포츠 방송을 많이 해보신 분이 무슨 겸손의 말씀을… 그나저나 이거, 한국에서 난리가 나겠는데요."

"그렇겠죠. 세 경기에 나가 모두 승리를 했고 방어율 1위, 피안타율 1위, 삼진 4위에, 이슈를 몰고 다니는 것 등을 생각해 보면 자지러질 여성 팬들도 무지하게 많이 생길 것 같네요."

"이 선수는 롱런할 가능성이 아주 높습니다. 투구폼의 간결함, 몸의 유연함, 공격적 피칭에, 매 이닝 적은 투구 수 등등 장점이 한두 개가 아닙니다."

"박찬호 이래 최고의 스포츠 스타가 탄생하는 거군요."

"그렇죠. 아마 모르긴 몰라도 더할 것입니다."

"그건 왜죠?"

"박찬호 선수는 잘생기고 성적도 나쁘지 않았죠. 그런데 이슈가 별로 없었습니다. 그런데 강삼열 선수는 이슈 메이커입니다. 즉, 화제를 몰고 다니는 슈퍼스타의 자질을 타고났거나 그것을 본능적으로 알고 있는 거죠."

"보통 사람의 생각으로는 그의 그런 행동을 예측할 수가 없지요?"

"그렇다고 봐야죠. 지난 경기에서는 몸을 맞히는 공을 던지고 타자가 덤벼들자 탈스 힐로 도망가서 뉴욕 타임지, 워싱턴 포스트지 등 안 나온 신문이 없었죠. 그러면 망신을 당해야 정상인데 그는 오히려 미국인들의 사랑을 듬뿍 받았죠. 그런데 이런 것은 아무나 할 수 있는 일이 아니에요. 강삼열 투수는 천재예요, 천재."

"천재라. 그저 부럽네요, 하하."

시카고 컵스의 관중들도 경기가 끝났어도 나가지 않고 같이 온 가족과 이야기를 나누며 혹시나 삼열이 나오나 지켜보았다. 그리고 관중 중에 누군가가 삼열이 귀가했다고 하자 그제야 천천히 경기장을 빠져나갔다.

그들은 나가며 강삼열에 대해 이야기를 했다.

이 명랑하고 귀여운 악동은 영악한지라 마크 프라이어처럼 감독의 혹사에 일방적으로 당하지 않을 것이라는 등 그들의 소망을 말했다. 그리고 삼열이 한 말을 주고받으며 웃었다.

"월드 시리즈요? 그게 나와 무슨 상관이 있나요? 야구는 나 혼자 하는 게임도 아닌데. 그리고 저주는 애초에 없었어요. 만약 그 이상한 변태 아저씨가 다시 염소를 끌고 리글리 필드에 나타난다면 나는 그에게 온갖 욕을 엄청나게, 아주 친절하게 많이 해줄 것입니다."

"이를테면 밤마다 힘을 못 쓰는 저주를 걸어 아내에게 잔소리를 듣게? 그래야 그도 저주를 걸 때 천사와 상의해 보겠죠. 그러니 구단이 이상한 데 돈 쓰지 않고 실력 좋은 선수를 데려오면 월드 시리즈에는 자연적으로 진출하게 될 겁니다."

삼열이 첫 승을 거두고 시카고 트리뷴과 한 인터뷰 기사 내용이었다.

리글리 필드의 조명이 꺼지자 열광과 안타까움, 그리고 환희로 가득했던 그라운드도 어둠 속에 잠겼다.

*　　　　*　　　　*

삼열은 집에 돌아왔다. 그보다 먼저 도착해서 기다리고 있던 마리아는 삼열이 집에 들어오자마자 걱정스러운 눈으로 몸 상태를 챙겼다.

"나, 정말 괜찮아요."

"정말이죠?"

"네."

삼열이 정말 괜찮은 것을 확인하자 마리아는 울음을 터뜨

렸다. 긴장이 풀려서인지 아니면 안도감 때문인지 그녀는 펑
펑 울었다.

삼열은 마리아가 생각보다 더 자신을 사랑하고 있음을 알
자 가슴이 뭉클해졌다. 그러자 저절로 그녀를 안게 되고 위로
해 주게 되었다. 삼열의 따뜻한 포옹에 마리아는 붉어진 얼굴
을 숙였다.

"오늘 경기 멋졌어요. 아무나 그런 행동을 할 수 있는 것은
아니에요."

삼열은 다시 그녀를 꼭 껴안고 등을 다독거렸다. 그러자 마
리아는 진정되었는지 삼열의 손을 이끌고 식탁으로 데리고 갔
다.

거기에는 저번에 준비해 준 장어와 해산물이 있었다. 이번
에는 오븐에 구운 장어구이가 샐러드에 살짝 얹어져 있었다.
아마도 밤이라 채소와 같이 먹으면 좋을 것으로 생각한 듯했
다.

삼열은 마리아가 해준 음식을 먹으며 떨어진 체력을 비축
했다. 사실 그는 마리아가 장어 요리를 싫어하는 줄 몰랐었
다. 그러나 미국인들과 이야기를 하다 보니 운동선수처럼 몸
에 좋다는 것은 뭐든 먹는 그런 사람들을 제외하고는 그다지
좋아하지 않는다고 했다.

같은 집에 사는, 단순한 남녀 사이임에도 마치 부인처럼 챙

겨주는 마리아를 보고도 삼열의 마음이 움직이지 않는다면 그것은 사람이 아니다. 모든 사람에게 사랑받기에 충분한, 아니 화려하고 아름다운 외모를 가진 그녀가 이렇게 일방적인 사랑을 주기도 쉽지 않다.

자신의 무엇을 그녀가 보고 반했는지 전혀 알 수 없는 삼열로서는 자신을 향한 그녀의 마음이 이해가 되지 않았으나, 현재 그녀는 오직 자신만을 바라보고 있었다.

삼열은 마리아의 손을 잡고 창가로 왔다. 창문을 열자 바람이 안으로 몰려왔다. 삼열은 그녀의 손을 잡은 채 말없이 정원을 바라보았다.

정원과 삼열을 번갈아 바라보던 마리아는 아무 말 없이 삼열의 손을 더욱 꽉 쥐고는 그의 어깨에 머리를 기대었다.

"걱정하지 않아도 돼요. 내가 다 처리할게요."

"뭐를요?"

"마음속으로 고민하는 거 뭐든지요. 난 보기보다 능력이 많은 여자라고요. 그러니 안심하고 나를 믿어도 돼요. 삼열 씨 상처 안 줄 자신은 없지만, 내가 살아 있는 동안 당신을 위해 모든 것을 할 거예요. 당신이 걱정하는 것, 그것이 무엇이든 난 삼열 씨를 믿어요."

삼열은 가만히 마리아가 하는 말을 들었다. 아름다운 눈동자가 오직 그만을 담고 있었다.

"당신은 쉽게 사람들에게 자신을 드러내는 사람이 아니죠. 마음속에 외로움과 절망, 고통이 있지만 사람을 만날 때마다 미소로 대하고 어떻게 하면 좀 더 재미있는 상황을 만들어 즐겁게 할 수 있을까 생각하잖아요. 그리고 나 제법 예뻐요. 그건 알죠?"

삼열은 말없이 마리아의 말에 고개를 끄덕였다.

"그래서 나는 나에게 호의를 베푸는 사람들의 의도를 파악하는 능력이 발달해 있어요. 당신은 다른 사람과 달라요. 내심장이 그렇게 말해 줬고 내 의지로 당신을 사랑하기로 결심했어요."

삼열은 잠시 놀라 마리아의 얼굴을 바라보았다. 놀랍도록 아름다운 여자가 이런 생각을 하게 된 이유는 잘 알지 못한다. 그러나 그녀는 인생을 진지하게 생각하는 그런 범주의 사람이다.

말없이 둘이 정원을 바라보고 있었지만, 두 사람의 마음은 서로에게 가까이 다가가 있었다. 삼열은 고개를 돌려 마리아의 머리를 쓰다듬고 얼굴을 만졌다. 그러자 마리아가 두 팔을 벌려 삼열의 목을 껴안고 입을 맞춰왔다. 이번에는 대범하게 삼열의 입속 깊이 파고들었다.

예리한 검처럼 이성을 제압하는 그녀의 입술과 혀는 삼열에게 너무 두려우면서도 황홀한 무기였다.

"하아~"

나직한 한숨이 마리아의 입에서 터져 나오자 삼열은 더 참지 못하고 그녀의 옷을 벗겼다. 그럴수록 마리아는 더욱 삼열의 몸에 밀착하며 그의 행동을 방해라도 하듯 입술을 더듬고 또 더듬었다.

삼열은 정신을 차릴 수가 없었다. 아무 감정이 없을 때도 그녀의 벗은 몸을 보고 참지 못했는데, 이제는 나의 여자라는 생각이 들자 그녀의 아름다운 몸이 이전과는 다르게 격정적으로, 화산처럼 뜨겁게 다가왔다. 그것은 욕망의 불꽃이었다.

"여기선 안 돼요."

마리아가 흔들리는 가슴을 한 손으로 부여잡고 고개를 흔들었다. 삼열은 의아한 표정을 짓다가 열린 창문을 보고서야 문을 닫았다. 커튼이 쳐지자 마리아가 안심하는 표정을 지었다. 삼열은 마리아를 안았다.

"아, 마리아."

마리아는 삼열의 부드러운 말에 부끄러워하며 흥분으로 몸을 떨었다.

시간이 흘러 일이 끝나자 아득한 행성으로 여행을 떠났던 마리아의 정신이 서서히 돌아오기 시작했다.

'어머, 내가 기절했었던 거야?'

분명 기절은 아니었다. 그런데 한동안 의식을 잃은 느낌이었다. 자신의 몸 안에서 꽃이 피어나고, 만개하고, 다시 피어나고, 만개하는 것이 반복되었었다.

'아… 이 남자, 너무해. 어떻게 이럴 수 있지? 이 사람 절대로 놓치지 않을 거야.'

마리아는 단 한 번의 정사로 느낀 그 깊은 감정을 언제까지나 잊을 수 없을 것 같았다.

'누구지, 이런 남자를 버릴 수 있는 여자는?'

마리아는 점점 무거워지는 삼열의 몸을 살짝 밀어 옆으로 내려오게 했다. 삼열은 죽은 듯이 누워 있었다. 그 모습이 귀엽고 사랑스러웠다.

이 남자를 얻기 위해 그녀가 한 노력은 정말 막대했다. 좋은 집을 버리고 직장도 버렸다. 그리고 그를 따라 컵스의 직원으로 취직했다.

그녀는 컵스가 직원을 뽑는다는 것을 알자마자 바로 움직였다. 조금도 망설이지 않았다. 그리고 마침내 그녀는 자신이 원하는 것을 얻었다.

'보물은 아이의 손에 있으면 장난감에 지나지 않아. 하지만 난 아이가 아닌걸. 삼열 씨, 당신을 최고로 만들어주겠어요. 당신이 원하는 것을 얻을 수 있도록. 난 당신을 너무나 사랑하는 여자이니까.'

마리아는 잠든 삼열을 물끄러미 바라보았다. 동양인치고 키가 크긴 했지만 잘생긴 얼굴은 아니었다. 그리고 특별히 교양이나 예의가 있다거나 인문학에 대한 상식이 많은 것도 아니었다.

하지만 그의 옆에 가면 마치 자석에 이끌리듯 걷잡을 수가 없게 된다. 그것은 말로 설명할 수 없는 이끌림이었다.

'난 절대로 바보같이 어리석은 짓을 하지 않을 거야. 난 항상 파워 업을 할 거야.'

마리아는 잠들어 있는 삼열의 가슴을 어루만졌다. 사랑스럽고 귀여웠다. 이렇게 어린 주제에 또 얼마나 뛰어난 잠자리 실력을 지녔던가. 그 생각을 하자 몸이 다시 달아올랐다.

잠시 뒤척이던 마리아는 다시 잠들어 버렸다.

삼열은 몸이 이상해 잠에서 깨었다. 마리아가 자기의 위에서 엎어져 자고 있었다.

'아, 드디어 대형 사고를 치고 말았구나. 사랑스러운 여자, 사랑할 수밖에 없는 여자지만… 또 그녀의 가족들에게 거절당하지는 않을까?'

사랑하는 사람에게 거절당하는 고통은 생각보다 커서 실제로 느끼는 두려움보다 사람의 마음을 더 초조하게 만들곤 한다. 삼열은 마리아가 헤어지자고 하면 이번에는 그녀에게 마구 매달릴 것 같았다. 왜 그런지는 모르지만 그런 느낌이 들게 하는 여자였다.

삼열은 피식 웃었다. 자기만 믿으라니. 자신이 다 알아서 하겠다는 말에 삼열은 웃음을 참을 수 없어 키득거렸다.

"으응, 뭐예요?"

마리아가 깨어나 그의 품에 파고들었다.

"아니, 아무것도 아니에요."

"아, 행복해요. 너무 행복해요. 고마워요, 내 사랑을 받아줘서."

삼열은 마리아의 말을 듣고 그녀가 마치 자신의 여자라도 된 듯한 느낌이 들었다.

"그건 남자인 내가 해야 하는 말 아니에요?"

"그런 게 어디 있어요. 더 많이 사랑하는 사람이 하는 거지. 그렇죠?"

마리아는 귀엽게 웃으며 다시 삼열의 품 안으로 파고들었다. 그가 가만히 있자 마리아가 그의 가슴을 손으로 어루만지며 말했다.

"우리 이제 애인 사이가 된 거 맞죠?"

"그, 그럼요."

삼열의 대답이 끝나자마자 마리아는 그를 '달링'이라고 부르기 시작했다. 그 소리에 삼열은 다시 마리아에게 달려들었다.

"어머, 또?"

마리아는 놀라면서도 즐거운 표정을 지었다. 방 안에 다시 뜨거운 바람이 불었다.

*　　　*　　　*

아침이 되고 정원에 새들이 날아와 지저귀었다. 이제는 새로운 애인이 생겼으니 삼열은 과거의 기억들과 이별해야 함을 느꼈다. 그것이 새 애인에 대한 예의였고 배려였다.

기억 속에서만 의미 있는 추억과는 이제 안녕이다. 왜냐하면 현실이 더 소중하니까. 인간은 과거에 사는 것이 아니라 현실에서 살아야 하니까.

이런 생각을 하자 삼열은 갑자기 서글퍼졌다. 그리고 궁금하기도 했다.

'그녀는 잘 지내고 있을까?'

가족을 지키기 위해 헤어지자는 수화의 말은 날카로운 비수가 되어 고아인 그의 마음을 베고 말았다.

그는 상처를 크게 입었고, 그 과정에서 보스턴 레드삭스가 그를 시카고 컵스에 팔아먹었다.

인생은 이런 것이다.

조금도 친절하지 않다. 아무 이유 없이 배려나 친절을 베풀지 않는다. 하지만 버려진 광야에서 나름 행복을 찾는 것은 각자의 몫이다.

삼열은 자신에게 다시 찾아온 사랑에 감사하는 마음을 가지기로 했다. 자신의 성격상 여자에게 먼저 다가가는 것이 어렵다는 것을 잘 알고 있었다. 그런데 꽃같이 아름다운 여자들이 한 번도 아니고 두 번이나 먼저 다가와 주었다.

그것이야말로 행운이 아니고 무엇이겠는가.

'최선을 다해 사랑하자.'

삼열은 마음이 가라앉는 것이 느껴지자 일부러 활달한 표정을 지어 보였다.

"뭐 해요?"

마리아가 귀여운 표정으로 삼열에게 물었다.

"생각해요, 내 삶에 대해."

"그건 누구나 해야 하죠. 삶은 소중하니까요."

"으응?"

삼열은 마리아의 말이 철학적이라고 느낄 때가 종종 있었다. 지금도 그랬다. 그러다가 문득 자신도 마리아에 대해 아는 것이 없다는 것을 깨달았다. 그리고 그녀에 대해 알기 위해서는 먼저 자신의 이야기를 해야 한다는 것도 알았다. 어디서부터 시작할까?

삼열이 심각하게 생각하고 있는데 마리아가 아침을 먹으라고 재촉했다. 그러고 보니 두 사람은 꼭 부부 같았다.

아침을 먹으며 마리아가 말했다.

"오늘은 병원에 같이 갈 수가 없을 것 같아요. 프로그램 만드는 것을 마무리해야 하거든요."

"아, 혼자 갈 수 있어요. 구단이 원하는 것은 이상이 없다는 의사의 소견서잖아요."

"아니에요, 구단은 진심으로 삼열 씨가 아프지 않기를 원해요. 구단은 선수들이 아무 이상 없이 시즌을 마무리하기를 바라죠. 그래서 최고의 의료진과 코치진을 데려와 선수들의 몸 상태를 살펴요. 제가 지금 만들고 있는 프로그램도 어떻게 하면 더 오래 건강을 유지하면서 선수 생활을 할 수 있을까 하는 의료와 심리학이 만나는 거예요."

"그렇군요."

삼열은 구단이 선수들을 승리를 위한 도구로 생각한다고 해도 이의를 제기할 생각은 없었다. 구단도 팬도 승리를 원하기 때문이다.

다만 어떤 결정을 했을 때 적어도 제대로 된 통보라도 해줬으면 했다. 쫓겨나듯 트레이드를 당하자 구단에 대한 부정적인 생각이 머리에 박힌 것이다.

"호호, 우리 오늘 저녁은 밖에서 먹어요. 달링."

"네."

마리아는 기분이 좋은 듯 의도적으로 달링이라는 말에 힘을 주었다. 삼열도 외식하는 것이 좋을 것 같았다.

요즘 들어 마리아가 거의 주방의 일을 도맡아서 하고 있으니 그녀에게도 쉴 시간이 필요할 듯싶었기 때문이다.

마리아가 출근하자 삼열은 소파에 누웠다.

"하아~ 이젠 새로운 인생이 시작되는군. 파워 업!"

파워 업 소리가 유난히 작았다. 오늘은 병원에 갔다가 구단에 출근하여 다음에 붙게 될 팀의 차트와 비디오 분석을 한 후 몸을 가볍게 풀어줘야 한다.

그 시간에 캐치볼을 던지면서 몸의 긴장을 풀어주고, 가능한 멀리 떨어져 던지게 한다. 이렇게 하면 긴장도 풀리면서 팔의 힘을 기를 수 있게 된다.

선발 투수는 경기에 등판하지 않는 날은 대체로 자유롭게 활동할 수 있다. 그렇게 하더라도 구단의 통제와 훈련 스케줄을 무시할 수는 없지만 말이다.

삼열은 하품을 하였다. 모닝 섹스는 자극적이고 매력적이긴 해도 몸을 노곤하게 만들었다. 그는 잠시 누워서 잠을 청하기로 했다.

눈을 감자 여러 가지 생각들이 복잡한 퍼즐처럼 지나갔다. 무엇보다 마리아처럼 아름답고 상냥한 여자의 애인이 된 것이 믿기지 않았다.

인종 차별에 대한 생각은 가지고 있지 않았지만 백인 애인이 생기게 될 줄은 꿈에도 생각하지 못했다.

＊　　　＊　　　＊

한국에서는 아침부터 야단이 났다. 삼열이 등판했던 경기가 세간의 화제가 되었다. KBC ESPN에서 메이저리그 경기를 생방송으로 보여주자 출근길에 야구 이야기를 하는 사람들이 많아졌다.

그리고 공중파 3사 저녁 뉴스에 삼열의 얼굴이 대문짝만하게 실리기 시작했다.

그중 가장 열의를 가지고 방송한 방송사는 당연히 KBC였다. KBC는 아홉 시 뉴스에 무려 다섯 꼭지나 할애하여 삼열에 대해 방송을 하였다. 그것도 오프닝 멘트를 포함하여 세 꼭지가 처음 시작하는 메인 기사였다.

─안녕하십니까? 오늘 첫 소식은 메이저리그의 악동으로 떠오르고 있는 강삼열 선수에 대한 것입니다. 어제 강삼열 선수는 밀워키 브루어스와의 경기에서 5이닝 무실점으로 던져 승리 투수가 되었습니다. 이로써 강삼열 선수는 시카고 컵스 소속 선수로 세 경기에 나가 모두 승리를 거두었으며, 평균자책점은 경이로운 0.415입니다. 그는 지금 메이저리그에서 방

어율 1위, 다승 공동 2위, 피안타율 1위, 삼진 4위를 달리고 있습니다. 이 소식을 장동민 기자가 자세하게 전해 드리겠습니다.

　─메이저리그는 세계의 모든 야구 선수들이 뛰기를 소원하는 꿈의 무대입니다. 강삼열 선수는 미국에 진출한 지 불과 1년 만에 마이너리그에서 메이저리그로 승격하였고 지금은 많은 이슈를 만들고 있습니다. 시카고에서 그는 그야말로 선풍적인 인기를 얻고 있습니다.

　─강삼열 선수가 야구를 시작한 것은 고2, 그러니까 남들은 모두 진로를 결정할 때에서야 뒤늦게 야구에 입문하였습니다. 그리고 강삼열 선수는 3학년이 되자 주전 투수로 청룡기 전국대회에 출전하여 팀을 우승으로 이끌고 서울대에 수석 입학을 하였습니다. 그는 그해 초에 대학을 자퇴하고 220만 달러에 보스턴 레드삭스와 마이너리그 계약을 하게 됩니다. 말이 마이너리그 계약이지, 사실은 메이저리그 계약과 하등 다를 바가 없는 것이었습니다. 수많은 구단이 그에게 관심을 가졌지만 최종 오퍼를 넣은 구단은 뉴욕 양키스와 보스턴 레드삭스뿐이었습니다. 부자 구단이 오퍼를 내자 그에게 관심을 보였던 다른 구단들은 강삼열 선수를 포기하게 됩니다. 강삼열 선수는 더 많은 계약금을 준다는 양키스를 거절하고 레드삭스와 계약을 하였습니다.

―그는 작년, 마이너리그에서 다섯 게임에 출전하여 비록 2 승 3패의 기록을 얻었지만 다섯 번 모두 다 퀄리티 스타트를 하였습니다. 시카고 컵스로 전격 트레이드된 이후 강삼열 선수는 바로 다음 해인 올해, 메이저리그로 승격해서 제4 선발 투수가 되었습니다. 이렇게 강삼열 선수가 파격적으로 기용된 이유는 시카고 컵스의 마운드가 붕괴된 것도 있지만, 그의 구위가 워낙 좋았기 때문이었습니다.

―그는 언제든 100마일, 즉 160km/h를 던질 수 있는 강속구를 가졌으며 투심과 컷 패스트볼, 체인지업과 커브까지 정확하게 원하는 곳으로 던질 수 있는 제구력을 가졌습니다. 다음 화면을 보시죠. 이것은 강삼열 선수가 공을 던지는 모습입니다. 굉장히 간결하며 유연합니다. 전문가들에 의하면 이런 투구폼의 특징은 부상의 위험이 극히 적은 것이라고 합니다.

화면이 바뀌면서 KBC의 하동운 해설 위원이 나왔다. 그는 KBO에서 일한 적도 있는 베테랑 해설 위원이기도 했다.

―강삼열 선수의 투구폼을 보면 전형적인 투구의 교과서라고 할 수 있습니다. 모든 투수가 본받아야 할 정도로 깔끔하고 군더더기가 없어요. 강삼열 선수의 경우는 허리의 유연함과 강인한 하체로 인해 완벽하게 체중을 공에 실을 수 있게 되는 것이죠. 저렇게 간결한 동작으로 시속 160km/h 이상이

나오려면 결국 강 선수의 손목 힘이 굉장하다고 봐야 합니다.

다시 화면이 바뀌면서 장동민 기자가 나왔다.

—그는 현재 세 경기에서 21과 2/3이닝을 던져 단 1실점을 해 평균자책점 0.415로 메이저리그 단독 1위, 다승 공동 2위, 피안타율 1위, 삼진 4위로 메이저리그 최정상급 기록을 내고 있습니다. 더욱 놀라운 것은 세 번째 등판인 어제 저녁을 제외하고 7과 2/3이닝과 9이닝 완투를 했지만, 경기당 던진 공은 각각 75개와 86개에 불과하다는 겁니다. 어제 경기에서도 강삼열 선수가 몸에 볼을 맞지 않았다면 완투도 가능한 상황이었습니다. 그는 5회까지 불과 52개를 던졌으니까요. 박찬호의 뒤를 이을 대형 코리안 메이저리거가 나올 수 있을지 앞으로 귀추가 주목됩니다. 지금까지 KBC 장동민 기자였습니다.

변성욱 앵커가 다시 나와 삼열에 대한 두 번째 기사를 내보냈다.

—이번에는 화제가 된 그림을 포함하여 지난 세 경기의 주요 장면을 모아 봤습니다. 허창욱 기자입니다.

—박찬호의 뒤를 이을 대형 신인 투수의 탄생, 메이저리그는 강삼열 선수로 인해 연일 뜨겁습니다. 그림을 먼저 보시죠. 첫 번째 경기입니다. 이날은 별 이상 없이 공을 던지다가 갑자기 허벅지 통증으로 강판을 당했습니다. 7과 2/3이닝 무실점이었습니다. 이때까지 그는 퍼펙트게임을 하고 있었습니다.

불과 아웃 카운트 네 개만 잡으면 데뷔 무대에서 퍼펙트게임을 이룬 첫 번째 신인 투수가 될 수도 있었습니다. 다시 두 번째 경기에서 문제의 장면이 발생했죠. 상대 투수가 강삼열 투수에게 빈볼성 공을 던졌습니다. 깜짝 놀란 강 선수가 배트로 공을 치고 아웃이 되었습니다. 그리고 그는 수비할 때 연달아 히트 바이 어 피치드 볼, 즉 데드볼을 던졌고 화가 난 휴스턴 애스트로스의 제이슨 와튼 선수가 마운드로 뛰어 올라갑니다. 그러자 강삼열 선수는 휴스턴 홈구장인 미니트 메이드 파크의 탈스 힐로 도망을 갔습니다.

— 이 사건으로 그는 워싱턴 포스트, 뉴욕 타임지를 비롯한 미국 대부분의 신문과 방송에 나왔습니다. 이 비겁한 행동은 그가 입을 열자 도리어 영웅적 행위로 칭송을 받기 시작했습니다. 그는 아이들에게 싸우는 모습을 보여주기 싫었다고 했습니다. 그는 유독 어린이를 좋아하여 스프링 캠프에서는 아이들에게 1천 달러를 보증하는 사인을 해주는가 하면, 등판하는 홈경기마다 자비로 구입한 100개의 공을 아이들에게 선물해 주고 있습니다. 이런 내용이 전해지자 아무도 그의 행동을 비난하지 못하였습니다. 그리고 바로 어제, 상대 투수의 명백한 빈볼성 공에 맞아 그라운드에서 무려 5분이나 쓰러져 있었습니다. 그는 일어나서 화가 나 소리를 지르기는 했지만 1루로 얌전하게 걸어 나갔습니다.

―그는 시카고 컵스에서 악동으로 소문난 선수입니다. 그런 선수가 여기서도 이변을 일으켰습니다. 투수인 강삼열 선수가 연거푸 도루를 두 개나 훔쳤고, 그리고 득점마저 했습니다. 베일 카르도 감독이 5회에 그를 강제로 강판하기 전까지 그는 놀라운 경기를 했습니다. 그리고 이 장면을 보시죠.

장면이 바뀌며 삼열에게 환호하는 아이들, 파워 업을 외치는 아이들과 어른들, 기립 박수를 치는 모습들이 나왔다. 한마디로 인기는 슈퍼스타급이었다. 그리고 시카고 거리 시민들의 인터뷰 내용이 나왔다.

―삼열 강이요? 굉장한 선수죠. 우리 모두 그를 좋아해요. 특히 아이들은 광적으로 좋아합니다. 그가 악동이라고 동료 선수들이 말하는데 무슨 말인지 모르겠어요. 적어도 그는 마운드에서는 신사거든요.

신시아 로렌이라는 흑인 여자의 인터뷰였다. 이번엔 백인 남자가 화면에 나왔다.

―삼열 강이 내 딸에게 사인이 된 야구공을 선물한 이후부터 나도 그의 팬이 되었죠. 그는 아이들을 좋아한다고는 말하지 않아요. 하지만 행동으로 보여주죠. 누가 그런 일을 하나요? 없죠. 그래서 우리가 그를 좋아하는 겁니다. 헤이, 삼열 강. 파워 업!

앤드류 존슨이라는 남자였다. 이번엔 시카고 컵스의 동료들이 나왔다.

—우리 인터뷰 못 해요. 우리가 인터뷰한 것을 그가 알면 화를 낼 거예요. 우리들은 그를 좋아하지만, 그의 돌출 행동이 무섭기는 해요. 그래도 그가 와서 컵스가 많이 바뀌었죠. 그것도 엄청나게. 여기 이 친구가 삼열 강과 연습 라이벌이에요.

순박하게 생긴 검은 얼굴의 로버트 메트릭이 화면에 나왔다.

—그는 나보다 더 지독한 연습 벌레예요. 전 그 친구가 연습하러 나오지 않으면 만세를 부릅니다. 그리고 지금까지 그에게 많은 자극을 받아왔죠. 헤이, 삼열 강. 이제부터 내가 한 시간 더 연습할 거야. 각오해!

불과 하루 만에 화면이 다양하게 구성된 것을 보니 미리 철저하게 계획된 내용인 듯했다. 시카고 컵스의 경기가 방송되기로 결정되자마자 KBC 스포츠국이 시카고에 거주하는 특파원에게 삼열의 동료와 시민들의 인터뷰를 취재하도록 지시를 내렸던 것이다.

사람들은 새로운 영웅의 탄생을 축하했다.

그렇지 않아도 경제가 좋지 않아 신나는 일이 없었는데, 어쨌든 삼열의 거듭된 승리는 한국 국민에게 기분 좋은 소식이었다.

새로운 메이저리거가, 그것도 투수가 나왔다는 점에서 온 국민은 신성한 충격을 받았다. 사람들은 삼열이 과연 박찬호 같은 영웅적 업적을 이룰 수 있을지에 관심을 가지기 시작했다.

야구를 좋아하는 사람들 사이에서 이미 삼열은 유명한 인물이었다. 그런데 이제는 KBC ESPN이 생방송으로 경기를 중계해 주니 대부분의 국민이 그의 이름을 알게 되었다. 더구나 그가 미국에서 폭발적인 인기를 얻고 있는 것은 쇼크에 가까운 놀라움이었다.

＊　　　＊　　　＊

수화는 거실에서 두 눈을 부릅뜨고 TV를 바라보았다. 그녀도 삼열이 메이저리그에 입성했다는 것을 듣기는 했다. 하지만 이렇게 빨리 성공할 것이라고는 생각하지 못했었다.

엄마가 자신 때문에 다쳐 수술했다는 소리에 놀라 성급하게 그와의 이별을 결정했다. 하지만 전화로 이별 통보를 했을 때 아무 반발도 하지 않고 너무나 담담히 받아들이는 삼열에게 오히려 화가 났다.

자신에게 맹세했던 사랑의 말들과 정열적인 시간들이 모두 부정되는 것 같아 그녀는 한동안 충격에서 헤어 나올 수 없었다.

'이럴 순 없어. 이렇게 빨리 성공하다니. 난 도대체 뭘 한 것 이지?'

수화는 말없이 눈물만 흘렸다.

자신이 이별을 통보했지만 왠지 모르게 억울했고 심지어 배신감마저 들었다. 그것은 그녀가 보스턴에 갔을 때 본, 삼열의 주위에 있던 그 여자 때문일지도 모른다. 아무런 관계도 아니었다지만 은근히 신경이 쓰였던 여자였다.

비록 그런 말을 했다고 하더라도 삼열이 자신을 좀 더 알아주고 챙겨주기를 바랐던 게 수화의 속마음이었다. 하지만 너무나 쉽게 이별을 받아들이는 그가 자신을 정말 사랑한 것이 맞나 싶었다.

세상과 사람을 사랑하기에는 그녀는 너무 어렸던 것이다.

장미화는 말없이 딸을 바라보았다.

그녀 역시 삼열이 아주 싫은 것은 아니었다. 하지만 그래도 하나밖에 없는 딸의 남편감으로는 그가 너무 처진다고 생각했다. 특히나 시아버지의 반대를 감당할 자신이 그녀에게는 없었다. 그리고 그녀 역시 삼열이 탐탁하지 않았다.

딸이 그를 만나러 미국으로 갔다는 사실에 놀라 연극을 하였다. 맹장 수술과 몇 가지 치료를 받느라 퇴원이 늦어지는 것을 딸이 오해하자 고의로 진실을 감추었다.

그녀의 의도대로 결국 딸은 삼열과 헤어졌다. 그러나 딸은 무섭게 변했다. 항상 명랑하고 밝은 성격이었는데 점점 말수가 적어지더니 바깥출입마저 줄어들기 시작한 것이다.

그리고 자신과 말을 거의 하지 않았다. 심지어는 아버지와도 말을 하지 않기 시작하더니 한동안 우울증에 걸려 병원 치료를 받았다.

'그때 사실을 말해야 했어. 남녀 간의 사랑을 부모·자식 간의 정으로 떼어 놓으려다가 자식을 망쳤어. 이를 어떻게 하면 좋지?'

장미화는 변해 버린 딸의 모습이 너무 낯설었다. 20여 년 동안 이렇게 낯설게 느껴지는 딸은 처음이었다.

그때 왜 그런 실수를 했을까 후회되었지만, 이러고 말겠지 하던 것이 벌써 8개월이 다 되어가고 있었다.

딸은 자신을 닮았다. 명랑하지만 불같은 성격을 가슴에 품고 있다. 그 불씨를 부모의 이름으로 꺼버렸으니 딸의 몸에서 생기가 모조리 빠져나간 느낌이 들 정도로 변해도 속수무책이었다. 이럴 줄 알았으면 삼열을 그냥 허락하고 말았을 것이다.

하지만 미래를, 또 일의 결과를 아는 사람은 없다. 지금이라도 미국에 전화를 걸어 다시 만나겠다고 하면 못 이기는 체하고 받아들일 수도 있는데 딸이 도무지 움직이지를 않았다. 그러니 그녀로서도 어떻게 할 방도가 없었다.

수화는 삼열을 보면 그냥 눈물이 나왔다.

'그는 나를 사랑하지 않았던 것일까?'

생각이 나서 기억을 더듬어 봐도 너무나 간절했던 시간과 사랑이 어둠 속으로 밀려가는 느낌이었다. 얼마 전에는 용기를 내어 전화했다. 그런데 그의 전화번호는 세상에 존재하지 않는 번호가 되어 있었다.

사랑에 실패해 버리자 그토록 자신 있었던 아름다운 외모도 부질없어 보였다. 삼단같이 짙고 윤기 나던 머리가 헝클어지기 시작하면서 모든 일에 의욕이 없어졌다.

장미화는 물끄러미 딸을 바라보았다. 오늘 저녁에는 오랜만에 남편이 들어왔다. 일주일 만에 외국 출장에서 돌아왔는데 수화는 마치 모르는 사람에게 하듯 건성으로 인사를 건넸다.

"아직도 저래?"

"네, 큰일이에요."

"휴, 우리가 성급했어. 수화에 대해 우리가 너무 몰랐던 거야. 밝고 명랑한 줄로만 알고 있었지, 저런 면이 있을 줄은 몰랐소."

"이제 어떻게 해요."

두 사람은 인사를 한 뒤 축 처져 자신의 방으로 들어가는, 생기 빠진 유령 같은 딸의 뒷모습을 보며 깊은 한숨을 쉬었다.

"그 아이에게 연락은 해보았소?"

"수화가 전화번호를 가르쳐 주지 않아요."

정명훈은 자신의 딸을 보며 깊은 후회를 했다.

메이저리그도 아니고 마이너리그 계약을 했다는 말에, 그리고 결혼하면 딸과 떨어져 생활할 것을 생각해 반대했다. 그런데 그것은 오판이었다. 자신이 딸을 몰라도 너무 몰랐던 것이다.

이제는 묵묵히 지켜보는 수밖에 없다. 여기서 아이를 닦달한다면 정말 무슨 일이 벌어질지 장담할 수 없는 상황이었다.

장미화는 삼열이 메이저리거가 되었다는 뉴스를 들었지만 그것이 의미하는 바를 전혀 알 수가 없었다.

야구를 하는 아이들 10만 명 중 단 한 명만이 메이저리그 스카우터들의 눈에 들어 루키 리그와 싱글, 더블 리그에 들어갈 수 있다는 것을 그녀는 전혀 알지 못했다. 그리고 수없이 많은 마이너리그를 통과해야 비로소 설 수 있는 곳이 메이저리그라는 것도.

메이저리그의 30개 구단은 각자 마이너리그 팀을 일곱 개에서 열 개씩 운영하고 있다. 그중에서 적어도 메이저리그에 올라가려면 트리플A에 들어가야 한다.

그런데 거기에는 부진에 빠진 메이저리거와 부상에서 회복하는 선수들이 기다리고 있다. 그들과 경쟁해서 바늘귀 같은 좁은 문을 통과해야 비로소 메이저리그 구장에 설 수 있게 된다.

인생은 계획한 대로 그렇게 현명하게 흘러가지 않는다. 바람이 어디에서 와서 어디로 가는지 알지 못하듯 인생도 마찬가지다.

후회는 현명하지 않아서 하는 것이 아니라 원하지 않는 결과가 나와서 하는 것이다. 하지만 인간은 미래를 알 수 없고, 또한 미래의 결과를 미리 알 수도 없다.

그러니 오늘을 다만 사랑할 뿐이다.

7. 정상급 투수가 되다 Ⅰ

소파에 누운 삼열은 설핏 선잠이 들었다가 구단 관계자가
집으로 찾아오는 바람에 일어났다. 그리고 그와 함께 병원에
갔다가 구단에 들러 코치진과 이야기를 나누고 다시 집으로
돌아왔다.

마리아라는 멋진 애인이 생겼음에도 가슴에 왠지 쓸쓸한
바람이 불었다. 아주 잠시였지만, 알 수 없는 슬픔 같은 것이
툭 하고 그의 마음속에서 치고 나왔다.

왜일까 생각을 해보니 자신의 성격 탓이었다. 누구를 쉽게
좋아하지 못하는 성격을 가진 그는 새로운 사랑을 하는 것이

쉽지 않았다. 그러나 마리아는 너무나 좋은 여자였다. 기회가 오면 망설이지 말고 잡아야 한다.

사랑과 명예, 돈 같은 것들은 친절하게 사람을 기다려 주지 않는다는 공통점을 가졌다.

그는 처음으로 연습도 거르고 거실에서 정원을 내려다보았다. 그리고 문득 스스로에게 행복하냐고 물어보았다.

마음속의 또 다른 자아가 대답했다. 그렇다고.

한때는 불행한 가족사와 병으로 자신의 인생이 저주받았다고 생각했다. 그러나 돌이켜보니 자신은 충분히 축복받은 삶을 누리고 있었다.

남에게 친절을 잘 베풀지 않던 그가 부상을 입은 미카엘을 도와준 것부터가 그답지 않은 일이었다. 그 엉뚱한 자비심이 삼열에게는 행운으로 다가왔다.

이제는 그것이 아픈 사람을 도우라는 하늘의 계시인가 싶었다. 세상의 그 어떤 사람이라도 도와주고 싶은 마음은 없었지만 아픈 사람이라면 조금 달랐다. 그 누구보다도 아픈 것이 무엇인지, 절망이 무엇인지를 잘 알고 있으니 말이다.

병든 어린이도 돕고 돈도 벌면 좋은 일이다. 백 원 벌 것을 만 원 벌어서 천 원을 병든 아이를 위해 쓴다면 남는 장사다. 그렇게 하기 위해서는 어떻게 할까? 소파에 누워 생각을 해보아도 생각나는 것이 아무것도 없었다.

"젠장, 내가 언제 착한 일을 했다고. 그냥 성질대로 살아야지."

삼열은 소파에서 뒹굴다가 일어나서 운동하기 시작했다. 운동도 병이었다. 단 하루인데도 안 하니 뭔가 허전하고 이상했다.

운동도 중독된다고 하더니, 하던 것을 안 하니 온몸이 근질거렸다. 그래서 삼열은 러닝머신에서 한 시간가량을 뛰었다.

"그래, 내 삶을 개척하자. 뒹굴고 싸우자. 그리고……."

삼열은 중얼거리고는 이내 고개를 젓고 큰소리로 외쳤다.

"파이팅!"

오후 네 시가 되자 마리아가 평상시보다 일찍 퇴근했다. 문을 열고 그 특유의 천진하고 상냥한 웃음을 지으며 들어오는데 한 송이 백합이 활짝 핀 것처럼 실내가 환해졌다.

"나 기다렸죠?"

마리아가 미소를 지으며 그렇게 묻는데 아니라고 말할 수는 없었다. 삼열이 고개를 끄덕이자 마리아가 갑자기 달려들어 마구 키스를 퍼부었다.

"하아~ 너무너무 좋아요."

마리아가 입술을 손으로 만지며 말했다. 삼열은 자신의 감정을 자연스럽게 말하는 마리아가 좋았다. 감정을 솔직하게 말하는 것은 대화의 기본이다. 감정으로 서로 얽히는 남녀 사이에서는 더욱 그랬다.

"오늘은 저녁 시합에 안 가 봐도 돼요?"

"코치진이 2일 동안 쉬어도 된다고 했어요. 원정경기부터 참가하래요."

"와, 그래요?"

"네."

마리아도 이런 경우 구단에서 치료와 심리적 안정을 위해 휴식을 주는 것을 알고 있어서 오늘 저녁 약속을 잡은 것이었다.

삼열의 경우는 선발 투수라 굳이 아픈데 경기를 참관할 필요는 없었다. 중요한 것은 게임의 결과지, 과정이 아니다. 과정이 존경받는 이유는 바로 결과 때문이다.

"그럼 우리 저녁 먹으러 가요."

"그래요."

삼열은 재킷을 하나 걸치고 마리아가 운전하는 차에 탔다.

차가 소리 없이 달리기 시작하고 얼마 지나지 않아 곧 시끄러운 도시 속으로 들어갔다. 사람들이 가득한 거리를 창문을 통해 바라보다 한 강아지와 눈이 마주쳤다. 강아지가 왕 하고 짖자 강아지를 안고 있던 소녀가 삼열을 바라보았다.

"앗, 파워 업 맨이다!"

소녀가 소리를 지르자 주변의 아이들이 삼열의 차에 몰려들었다. 삼열은 창문을 내리고 아이들에게 손을 흔들었다.

"어디 가세요?"

소녀가 묻자 강아지가 고개를 갸웃거리며 왈 하고 다시 짖었다.

"저녁 먹으러 가지. 건강하고, 자~ 함께 파워 업!"

"파워 업!"

아이들이 깔깔거리며 웃었다. 주변에 있던 보호자들도 삼열에게 눈인사하거나 손을 흔들어 아는 체를 했다. 자신들의 아들딸이 관심을 가지는 삼열에게 부모는 항상 호의적인 반응을 보였다.

레스토랑은 일류 음식점으로, 이전에 갔던 곳과는 차원이 달랐다.

예전에 마리아가 예약한 곳들은 거의 패밀리 레스토랑이었는데 이번에 간 곳은 정통 이탈리안 음식점이었다. 최고의 음식을 먹으며 삼열은 기분이 좋았다.

"오늘은 레스토랑이 굉장히 좋은 것 같아요. 음식도 맛이 있고요."

삼열의 말에 마리아가 방긋 웃었다.

"당연하죠. 오늘은 내가 저녁을 사는 날이거든요."

"네? 아니, 왜요?"

"내가 정식으로 데이트 신청한 날이잖아요."

"그냥 식사 한 끼 하자고 한 것 아녔어요?"

"어머, 말도 안 돼요. 연인이 되어 첫 데이트를 하는데 어떻게 이렇게 근사한 시간을 놓칠 수 있겠어요? 오늘은 무조건 재미있게 보내야 해요."

"그야… 물론이죠."

근사한 저녁을 얻어먹게 되자 삼열은 마음이 조금 불편했다. 자기는 항상 가벼운 식사만 샀는데 마리아가 이런 근사한 식당에서 저녁을 샀기 때문이다.

"저와 사귀어줘서 고마워요. 저 최선을 다할게요. 삼열 씨가 부끄럽게 여기는 여자가 되지 않도록 최선을 다할 거예요."

마리아가 주먹까지 불끈 쥐며 이야기하자 삼열이 미소를 지었다.

저녁을 먹고 거리로 나왔는데 마리아가 기대했던 낭만적인 데이트는 한순간도 하지 못했다. 삼열을 알아보는 사람들이 많아 호젓한 시간을 보내는 것이 불가능했던 것이다. 그래서 두 사람은 그냥 집으로 돌아왔다.

"아, 데이트도 마음대로 못 하겠어요."

마리아의 말에 삼열이 웃었다. 그녀의 말대로 유쾌한 시간이었지만 반대로 복잡한 시간들이기도 했다. 사람들이 자신을 보고 유쾌하게 인사를 해오는데 외면하기가 힘들었다.

바람이 지나는 나무 아래 서자 시원했다. 마운드에서 공을 던지는 삼열은 바람의 방향에 민감한 편이었다.

공을 던질 때 바람이 외야 쪽으로 불면 장타가 될 확률이 높아지는 반면, 그 반대 방향으로 바람이 불면 뜬공이 될 확률이 높다. 그러면 투수들은 높은 쪽 공도 과감하게 던질 수 있게 된다.

며칠 전 삼열은 정원을 산책하다가 유독 바람이 시원하게 부는 장소를 발견하게 되었다. 건물들이 가득한 주택가 중에서도 막힘이 없어 바람이 부는 곳이었다.

시원한 바람을 맞으며 나무 아래 서 있는데 마리아가 뒤에서 다가와 삼열을 안았다. 뭉클하고 부드러운 살이 등 뒤로 닿자 삼열은 손을 뒤로 돌려 마리아를 꼭 껴안았다.

마리아는 삼열의 손을 풀고 마주 서서 삼열을 바라보았다.

"제 남자가 되어주세요, 언제까지나."

"물론이죠. 마리아, 내 여자가 되어줘요."

"네, 물론이죠."

삼열은 마리아의 진지한 눈을 보며 대답했다. 여자가 남자에게 먼저 청혼을 하는 모양새였다. 마리아가 주먹을 펴자 반지 두 개가 나왔다. 그녀는 그중 하나를 골라 삼열의 손에 끼워주었다. 그리고 반지를 하나 주고는 눈치를 주었다.

그녀가 의도하는 바가 무엇인지 안 삼열도 반지를 받아 마리아의 손가락에 끼워주었다. 그러자 마리아가 감격한 얼굴로 말했다.

"키스해 줘요."

삼열은 고개를 숙여 마리아의 입술에 입을 맞췄다. 따뜻하고 부드러운 입술이 겹치고 말랑한 혀가 서로의 입속에서 사랑을 음미하기 시작했다.

*　　　*　　　*

삼열이 두 경기를 쉬는 동안 시카고 컵스는 2연패를 당했다. 특히 5선발 랜디 팍스는 지금까지 내리 3패만 해서 분위기가 좋지 않았다.

삼열도 이런 분위기에서는 쉽게 말을 할 수가 없었다. 만약 자신도 3패를 내리 당했다면 기분이 좋지 않을 것이기 때문이다.

쉽게 위로를 해도 오해를 받을 수 있는 상황이라 입을 다무는 수밖에 없다. 홈에서의 6연전은 3승 3패라는, 다소 실망스러운 결과를 냈다.

하루를 쉰 후 원정 6차전을 치러야 해서 짐을 꾸리고 공항으로 세 시까지 가야 했다. 마리아가 점심시간을 이용하여 삼열을 배웅하러 왔다.

"마이 달링, 잘 다녀와야 해요."

삼열은 방에서 짐을 꾸리는 것을 도와주는 마리아의 손을 잡아당겨 그녀를 품에 안았다.

"왜, 왜요?"

"아, 하고 싶어졌어요."

"어제 밤새 했잖아요."

"또 하고 싶어졌어요. 이제 일주일 뒤에나 볼 수 있을 텐데."

"그렇긴 해도 달링은 야구 선수잖아요. 지금은 시즌 중이고요. 참을 줄도 알아야 해요."

"몰라요, 난. 그런 거."

삼열은 마리아의 입술을 찾아 더듬었다. 마리아는 삼열이 적극적으로 나오자 좋으면서도 이러면 안 된다고 생각을 했다.

그러나 마음은 이성과 달리 은밀하게 속삭이었다.

키스까지는 괜찮을 거야, 뭐 애무 정도는 괜찮아… 하다가 정신을 차리고 보니 이미 침대 위에서 삼열이 화려한 기술로 자신을 공략하고 있었다.

"아~!"

마리아는 어제와 마찬가지로 정신을 차리기가 쉽지 않다. 삼열은 화산처럼 뜨겁고 무소처럼 단단하였다. 결국 그는 욕심을 채우고야 물러났다.

"너무 황홀했어요, 자기."

마리아는 가슴이 떨려오는 강렬한 자극에 자신도 모르게 속마음을 토로하고 말았다. 삼열은 헐떡이는 마리아의 가슴에 가볍게 입을 맞추며 일어났다.

"아, 자기. 너무 멋졌어요. 그런데 늦지 않았어요?"

"뭐, 아쉬우면 지들이 기다리겠죠."

얼굴이 묘하게 구겨지는 마리아를 보며 삼열은 자기가 실수한 것을 깨달았다.

"아, 가능한 빨리 갈게요."

"네, 동료를 기다리게 하면 안 돼요. 아주 작고 사소한 것들이 모여 팀워크를 해치거든요. 그래도 자기가 안 간다면 나도 회사에 복귀 안 하고 하루 종일 자기 가슴에 매달릴 거예요."

흘깃 삼열의 표정을 살피며 마리아가 애교 있게 말했다. 삼열은 샤워 부스까지 따라온 마리아를 안으며 말했다.

"잘 갔다 올게요. 파워 업!"

"파워 업!"

마리아가 웃으며 삼열을 따라 파워 업을 외쳤다.

차를 몰고 삼열이 사라지자 마리아도 샤워했다. 그녀는 집을 나와 차에 타기 전에 하늘을 바라보았다. 봄 하늘이 유난히 푸르렀다.

　　　　　*　　　　　*　　　　　*

　시카고 컵스의 다음 상대는 동부 지구에 속한 뉴욕 메츠였다. 메츠는 1962년에 창단하여 1969년, 1986년에 월드 시리즈 우승을 했다. 첫해에는 40승 120패로 메이저리그 최다 패의 기록을 가지고 있지만 이후 빠르게 전력을 회복하여 월드 시리즈에서 2회, 챔피언십에서 4회, 동부 지구에서 5회 우승을 했다.

　메츠 출신의 유명했던 선수로는 톰 시버, 대릴 스트로베리, 드와이트 구든, 리키 핸더슨이 있다.

　올해 뉴욕 메츠는 포스트 시즌은 물론 동부 지구 최하위가 예상되었으나 막상 뚜껑이 열리자 의외의 결과가 나왔다. 선두와 단 한 경기 차로 동부 지구 2위를 견고하게 지키고 있었다.

　작년에 내셔널 리그 타격왕 출신의 호세 레이예스가 마이애미 말린스로 6년간 1억 600만 달러에 이적했다. 그의 공백을 토레스를 영입해서 메우려고 했지만 쉽지 않은 일이었다.

　다만 투수 존 칸타나와 R. 디메인이 펄펄 날고 있었다. 칸타나는 작년에 이어 올해도 구위가 좋았다. 화려한 체인지업을 가진 그는 2004년과 2006년에 사이영상을 받았다. R. 디메인의 경우 너클볼 투수라는 독특한 특징으로 마운드를 호령하고 있다. 지난 두 경기 동안 그는 18이닝 25삼진에 완봉승을 거두기도 했다.

뉴욕에 도착하여 호텔에 짐을 풀고 선수들은 연습장으로 가서 가볍게 몸을 풀었다. 매튜 뉴먼은 내일 자신의 상대가 존 칸타나라는 것이 신경 쓰이는지 표정이 좋지 않았다.

"헤이, 매튜. 칸타나랑 맞붙는다며?"

"그래, 고민이다."

"뭐가? 그냥 다 발라 버려."

매튜 뉴먼은 태평하게 말하는 삼열을 보며 기가 막힌다는 표정을 지었다. 칸타나는 작년에 메츠의 51년 역사상 처음으로 노히트 노런을 달성한 투수였다. 더욱이 그가 어깨 수술을 받고 복귀한 후에 이룩한 기록이라 많은 사람을 감동시켰다.

"나도 나지만 너도 문제다."

"내가 뭘?"

"네 상대가 R. 디메인잖아. 요즘 엄청 뜨고 있는."

"음하하하, 바로 그거야. 그 유명한 너클볼의 투수를 내가 발라 버리는 거지. R. 디메인이 날 형님이라고 부르게 만들어 줄 거야."

"설마……?"

매튜 뉴먼이 삼열의 말에 의심 가득한 눈빛을 보냈다. 그런 사실을 알면서도 삼열은 거만한 표정으로 말했다.

"나만 믿어."

매튜 뉴먼이 의심하는 대로 R. 디메인의 너클볼은 지난 두 경기 18이닝에 25개의 삼진을 잡는 동안 단 두 개의 볼넷만 허용했을 정도로 제구가 좋았다.

너클볼은 자기가 던져 놓고도 어디로 갈지도 모른다는 마구다. 하지만 다른 너클볼 투수의 공이 65마일 전후인데 그의 공은 80마일 초반까지 나온다. 게다가 그가 던지는 스트라이크 비율도 69%에 달해 타자들은 그의 공을 치지 않을 수 없다.

삼열은 너클볼을 배울 수가 없다. 그리고 어떤 선수도 너클볼을 처음부터 배우려고 하지 않는다. 오직 필 니크로만이 처음부터 너클볼을 그의 아버지에게 배웠을 뿐이다. 그는 너클볼로 메이저리그 318승을 거두고 명예의 전당에 올랐다.

그런데 너클볼은 투수도 쉽게 컨트롤할 수 없는 마구다. 필 니크로가 너클볼을 완성하는 데 걸린 시간은 자그마치 10년이나 된다. 회전 없이 들어오는 공은 어디로 날아갈지 알 수가 없기에 타자들도 속수무책으로 당할 수밖에 없다. 이는 포수도 마찬가지다. 공을 잡는 것이 무척이나 힘들다.

대부분 투수는 맨 마지막에 너클볼을 배운다. 당연하지 않은가. 배우는 데만 10년이 걸리는 공을 처음부터 배우는 투수는 없는 법이다.

R. 디메인 역시 부상과 부진으로 마지막으로 선택한 것이 너클볼이었다. 그런데 36세의 늦은 나이에 전성기가 찾아왔다.

너클볼은 던지는 데 힘이 별로 들지 않아 필 니크로의 경우는 48세까지 선수 생활을 했다.

메이저리그 최고의 투수가 60마일의 공을 던지는데 힘이 들면 얼마나 들겠는가. 그런데 R. 디메인이 던지는 너클볼은 평균 구속이 무려 70마일에 이른다. 그래서 그의 너클볼은 무척이나 위력적이었다.

삼열은 영상을 통해 R. 디메인의 너클볼을 보고 또 보았다. 무수한 타자가 배트가 헛돌았다. 타자가 타격을 하려면 0.2초 이내에 투수의 공을 예측해야 한다. 그러지 못하면 타격을 한다 해도 제대로 맞힐 수가 없다.

메이저리그에서 던지는 투수의 공은 최정상급이다. 이런 투수의 공을 타자가 타석에서 받을 확률은 타석당 한 번이 채 되지 않는다. 그런데 너클볼은 예측 자체를 할 수 없다. 투수도 어디로 갈지 모르는 공을 타자가 어떻게 안단 말인가.

"무섭군. 120개의 공까지 던질 수 있는 투수고, 100~110개 사이로 관리되고 있는 선수라니."

삼열은 R. 디메인의 영상을 보면서 한 가지 의문이 생겼다.

'제대로 제구가 되기도 힘든 공을 가지고 어떻게 그렇게 많은 삼진을 잡아낼 수 있지?'

81%나 너클볼을 던진다면 너클볼이 결정구가 될 수 없다는 말이었다. 너클볼이 아니면 뭐가 결정구지? 그러자 답이 금방 나왔다. 너클볼처럼 보이는 느린 패스트볼이 결정구였다.

'생각보다 쉽군. 결정적인 순간에 너클볼이 오면 망하는 거고 패스트볼이 오면 홈런이다.'

이런 생각을 하자 삼열은 회심의 미소를 지었다. 시카고 컵스의 타격은 제법 괜찮은 수준이다. 더욱이 요즘은 레리 핀처도 타격이 점차 좋아지고 있었다. 레리 핀처의 뒤에는 신인이지만 강타자 로버트가 버티고 있다. 그러기에 쉽게 레리 핀처를 거르고 다음 타자와 승부하기가 힘들어지면서 그의 타율도 덩달아 좋아지고 있었다.

삼열은 시티 필드를 바라보며 탄성을 터뜨렸다. 경기장 외부 벽에는 메츠에서 뛰었던 선수들의 사진이 걸려 있었고, 경기장 입구에는 그 유명한 재키 로빈슨의 동상이 세워져 있었다. 그리고 경기장 밖에는 공연을 할 수 있는 광장이 있었다.

"부럽군."

"하하, 부럽지. 하지만 부럽다고 100년 된 구장을 때려 부술 수는 없지 않나?"

베일 카르도 감독이 지나가면서 삼열의 말에 대답했다.

"앗, 감독님."

베일 카르도 감독은 원래 아시아인을 그다지 좋아하지 않았다. 메이저리그에 몇 명 없을뿐더러 이상하게 거리껴지는 게 있었다. 아시아인들의 독특한 문화와 사고방식은 그로 하여금 거리감을 가지게 했다.

그런데 이 삼열이란 선수는 확실히 아시아인이기는 하지만 악동이라서 그런지 그런 느낌이 들지 않았다. 게다가 요즘은 그 때문에 팀 분위기가 좋아지고 있었으니 당연히 감독도 삼열을 좋게 보게 되었다. 그리고 가끔 먼저 접근하여 이야기를 나누곤 했다. 삼열이 팀의 중요한 선수로 대접을 받아가고 있다는 징조였다.

삼열은 베일 카르도 감독이 나타나자 후다닥 다른 쪽으로 사라졌다. 그가 자신을 볼 때마다 도망가자 베일 카르도은 도대체 자기를 왜 피하냐고 물었다. 삼열이 대답했다.

"감독님이잖아요."

"그래서?"

"내가 못 까불잖아요."

"왜?"

"감독님이니까요."

베일 카르도 감독은 삼열의 말을 이해할 수 없었지만 나쁜 의미는 아닌 것 같았다. 동양인은 나이 든 사람을 어려워한다더니 삼열의 행동을 보면 맞는 이야기 같았다.

베일 카르도 감독을 피해 도망간 삼열은 재키 로빈슨의 동상을 바라보았다. 그는 메이저리그 최초의 흑인 선수였다. 이전까지의 흑인들은 아무리 실력이 좋아도 메이저리그에 발을 디딜 수가 없었다.

테드 윌리엄스의 눈과 베이브 루스의 장타력을 가진 선수가 있었는데, 그가 바로 조지 깁슨이었다. 깁슨은 야구에 엄청난 재능을 가지고 태어났다. 그런 그에게 단 하나의 문제가 있었으니 바로 피부색이 검다는 것이었다.

니그로 리그의 슈퍼스타인 그의 꿈은 메이저리그 무대를 밟는 것이었다. 그런데 1943년, 그는 우연히 자신이 뇌종양에 걸린 것을 알게 되었다. 수술하고 난 후 야구를 그만두어야 할 상황이었지만, 그는 야구를 택했다. 어떻게 하든 메이저리그에 올라가고 싶었던 것이다. 그러나 그렇게 열정을 불태웠음에도 그는 죽을 때까지 메이저리그에 서지 못했다.

그가 죽은 지 3개월 만에 메이저리그에 최초의 흑인 선수가 나타났다. 그가 바로 재키 로빈슨이었다. 재키 로빈슨은 브루클린 다저스에서 데뷔하고 다저스에서 은퇴했다.

현 LA 다저스가 연고지를 캘리포니아로 바꾸면서 새롭게 창단된 구단이 뉴욕 메츠다. 메츠에서 단 한 경기도 뛰지 않은 재키 로빈슨의 동상이 시티 필드에 세워진 이유가 여기에 있다.

재키 로빈슨을 메이저리그에 데뷔시킨 사람은 브랜치 리키였다. 리키는 선수로서는 거의 악몽 같은 시간을 보냈다. 포수였던 그는 한 경기에서 무려 열세 개의 도루를 허용하기도 했다. 결국 그는 25세의 나이에 메이저리그에서 은퇴했다.

그 후 감독이 된 그는 스프링 캠프와 팜 시스템을 최초로 구축해서 월드 시리즈를 제패하기도 했다. 그는 경영의 천재였다. 어린아이들을 무료로 입장시키는 것도 그가 처음 생각해 낸 것이다.

브랜치 리키는 흑인을 메이저리그에 세울 생각을 선수시절부터 했다. 그러나 그 당시 상황은 흑인이 메이저리그에 뛰는 것은 있을 수가 없는 일이었다. 인종 차별주의자들이 메이저리그를 장악하고 있었던 것이다. 심지어 선수들마저 반대했다.

지독한 인종 차별주의자 케네소 랜디스 커미셔너가 사망하자 브랜치 리키는 절호의 기회가 온 것을 알고 움직이기 시작했다. 그는 메이저리그에 흑인을 세우기 위해 치밀하면서도 거대한 계획을 세웠다.

그것은 브랜치 리키의 오랜 꿈이었고 반드시 해야 하는 일이었다. 그는 실력이 출중하면서도 정신력이 강한 흑인 선수를 찾았는데 그의 앞에 나타난 선수가 바로 재키 로빈슨이었다.

최초의 흑인 메이저리거, 최초의 흑인 MVP, 최초의 흑인 명예의 전당 헌액자가 이렇게 해서 태어났다. 그가 쓰던 42번은 지금은 전 메이저리그의 영구 결번이 되었다. 삼열은 제키 로빈슨의 동상을 보고 고개를 끄덕이며 엄지손가락을 치켜세웠다.

경기가 시작되기 두 시간 전에 시티 필드에 도착한 컵스 선수들은 그라운드에서 몸을 풀기 시작했다. 잠시 후에 메츠의 선수들도 나와 몸을 풀거나 아는 선수들끼리는 인사를 하였다. 유난히 구장 내에 시티 그룹의 광고가 많은 것은 시티 그룹이 뉴욕 메츠와 20년간 4억 달러에 계약을 한 탓이었다.

이러한 이야기를 들은 삼열은 몹시 부러웠다. 그는 단 한 번도 한국의 프로 리그에서 뛰지는 않았지만, 열악한 프로구단의 재정을 생각하면 이런 기업의 스폰서는 많이 부러웠다.

매튜 뉴먼은 여전히 어두운 얼굴로 공을 던지고 있었다. 삼열은 그 옆으로 가서 말했다.

"넌 존 칸타나보다 더 위대한 투구를 할 수 있어. 네가 너 자신을 믿지 않으면 누구도 너를 신뢰하지 않을 거야. 네가 너의 능력, 잠재력을 신뢰하기 시작하면 네 공을 아무도 치지 못해."

매튜 뉴먼이 반응을 보이기 시작하자 삼열은 조금 더 강하게 말할 필요를 느꼈다.

"내가 칸타나가 노히트 노런을 하는 동영상을 보았는데, 솔직히 그의 동료들이 반은 도와준 것이더라. 물론 대부분 타자가 뜬공을 치긴 했지만 중견수가 펜스에 부딪히는 등, 몸을 사리지 않는 플레이가 아니었다면 그런 업적은 나오지도 않았을 거야. 그리고 앞으로 나와 같이 훈련을 하면 실력이 월등히 늘어날 거고. 뭐가 문제야?"

"끔찍한 말이긴 해도 은근히 당기는군. 이번 경기에서 이기면 고려해 보지."

"굿 잡. 넌 할 수 있어."

"너도 잘해."

"나야 걱정하지 마. 디메인을 발라줄 테니까."

매튜 뉴먼은 잘난 체하는 삼열의 얼굴을 갑자기 한 대 때려주고 싶은 마음이 들기는 했지만, 그가 한 말 중 틀린 것은 없었다. 비록 신인이지만 엄청난 훈련을 아무렇지도 않게 해내는 삼열에게 존경하는 마음도 조금은 가지고 있어서 가만히 고개를 끄덕였다.

경기 시간이 점점 다가오자 매튜 뉴먼은 몸을 최종 점검하며 마음의 준비를 했다. 그런데 삼열은 1루 쪽 관람석에서 아이들하고 놀고 있었다. 그는 고개를 흔들었다. 도무지 긴장이라는 것을 안 하는 녀석이었다.

시합이 시작되자 경기는 팽팽한 투수전으로 이어졌다. 양 팀 중 어떤 선수도 점수를 획득하지 못했다.

"우와, 잘 던지네."

"그렇군."

삼열의 말에 다비드 위드가 대답했다. 6회까지 두 팀 다 득점을 못하고 있었다. 삼열은 조금 놀라고 있었다. 경기 전 매튜 뉴먼이 너무 긴장한 듯해서 격려하려고 빈말을 좀 해준 것뿐인데, 그가 이렇게 잘 던질 줄은 삼열도 예상하지 못했다.

딱.

메츠의 3번 타자 다비드 루이스가 친 공이 우익수 쪽으로 날아갔다. 굉장히 깊은 공이라 우익수 짐 캐서는 미처 준비하지 못하고 있다가 빠르게 달려가기 시작했다. 그는 펜스 근처에서 간신히 공을 잡았다.

"와우, 굉장한데."

매튜 뉴먼이 가슴을 쓸어내리는 것이 더그아웃에서도 보였다. 다음 타자 반 아이크를 내야 땅볼로 아웃시키면서 공수가 교대되었다. 매튜 뉴먼은 마운드에서 내려와 더그아웃으로 들어왔다.

"워, 굉장하던데."

삼열의 말에 옆에 앉아 있던 라이언 호크가 고개를 끄덕였다. 로버트가 투수들이 있는 더그아웃 쪽으로 다가오자 삼열이 놀렸다.

"헤이, 엉터리. 칸타나에게 맥도 못 추던데."

로버트는 발끈했지만 변명은 하지 못했다. 삼열의 말대로 정상급 투수의 공에는 손도 못 대고 있으니 놀림을 당해도 할 말이 없었다.

"감독이 너 오래."

"나? 왜……?"

삼열은 정말 베일 카르도 감독에게 가고 싶지 않았다. 하지만 그렇다고 감독에게 오라고 할 수는 없으니 가긴 가야 했다. 꿈틀꿈틀 지렁이가 기어가듯 느리게 걸어가는 모습을 보고 선수들은 웃음을 터뜨렸다. 확실히 이 동양인 친구는 특이했다.

미국 사람들은 감독을 어려워하지 않는다. 그런데 동양인 중에서 유독 한국인들은 감독을 어려워하곤 한다. 선배든, 아니면 나이가 많은 선수든 모두 개무시하면서 감독에게는 꼼짝 못하는 삼열이 웃겼던 것이다.

삼열이 감독에게 다가가자 그가 자리에 앉으라고 했다. 작은 간이 의자에 앉은 삼열은 눈알을 도르르 굴렸다.

"짐 캐서가 다쳤네."

"그렇군요."

삼열은 고개를 끄덕였다. 펜스에 강하게 부딪힌 것을 보았는데 아마 그때 다친 모양이었다.

삼열은 '그래서 뭐 어쩌라고?'라는 듯한 표정을 지으며 감독의 얼굴을 바라보았다. 삼열의 표정을 보고 베일 카르도 감독은 난감했다. 악동은 뭘 해도 악동 티가 났다.

"그게 말일세… 교체를 해야 할 아일 로드가 오늘 장염에 걸렸는지 지금 화장실에서 나오지를 않고 있어."

"그래서요?"

"자네가 대신 해줄 수 없나? 자네 투수 로테이션은 바꿔줄 수 있네."

삼열은 아무 말도 안 하고 그냥 자리에서 벌떡 일어났다. 이게 전통인가 보다 싶었다.

투수에게 1번 타자 노릇을 하라니. 그것도 내일 선발로 출전할 선수에게. 이게 말이 되는가. 선수를 혹사시키는 게 시카고 컵스의 전통인가 싶어 기분이 나빠졌다. 그리고 욕이 저절로 입에서 새어나왔다.

"선 오브 비치."

작은 소리였지만 베일 카르도 감독의 얼굴이 보기 흉하게 구겨졌다. 옆에 있던 제미 컥 벤치 코치가 삼열을 따로 불러 이야기했다.

"자네를 타자로 보내자는 의견은 내가 말했네."

"정신줄을 놓으셨군요."

"투수에게 타자로 출전하라는 말이 무리가 있다는 것은 아니네. 하지만 아일 로드가 아파서 출전할 수 없어. 물론 다른 타자를 보내면 되겠지만 자네의 진루 능력을 믿기 때문이지. 이번까지 우리 팀이 지면 3연패를 당하게 되고 팀은 다시 침체에 빠질지도 모르네. 부탁하네."

"미치셨군. 지난번에 내가 공에 맞았던 것은 생각 못 하나 보네요. 지금 달다고 하나둘 사탕 까먹듯이 하면 남아나는 게 없죠. 아, 열 받네. 이 빌어먹을 코치 새끼야, 네까짓 게 무슨 벤치 코치라고 월급을 받아 처먹냐?"

삼열은 욕을 하고도 분이 안 풀려 제미 컥의 머리를 이마로 받아버렸다.

"컥!"

제미 컥은 눈앞에 별이 번쩍하는 것을 느끼고 그 자리에서 쓰러졌다.

"왓!"

주위에서 선수들이 달려왔다. 팀 닥터도 달려왔다.

"삼열, 도대체 왜 그런 거야?"

"이 새끼가 투수한테 타자로 나가라고 지랄을 하잖아. 누굴 삶은 호박으로 아나?"

"호박?"

"그런 게 있어."

"욕이지?"

"비슷해."

"와우! 제미 컥, 엄청 불쌍하다. 어쩌다가 선수에게 맞기까지."

선수들에게 제미 컥은 별로 인기가 없었다. 그가 선수들에게 무리한 플레이를 하라고 강요하거나 말도 안 되는 전략을 주장하기도 했기 때문이다.

하지만 그런 그도 잘하는 게 있었는데, 선수들의 전체 훈련을 조율하는 능력은 탁월했다. 존스타인이 생각할 때 팀을 리빌딩하는 데는 제미 컥이 꼭 있어야 했다. 그러나 선수들은 그가 무척이나 싫어했다.

그래서인지 선수들은 지금 문제의 장면이 다른 사람들의 눈에 보이지 않도록 교묘하게 가리고 있었다. 더그아웃은 평상시 카메라가 잘 비추지 않는 곳이어서 삼열이 행패를 부린 장면은 찍히지 않았다.

선수들은 피식피식 웃었다. 악동이라는 것을 알고는 있었지만 코치를 때리다니, 자기들로서는 상상도 할 수 없는 일이었다.

베일 카르도 감독은 어안이 벙벙했다.

제미 컥이 삼열을 타자로 내보내자는 이야기를 했을 때 그도 탐탁지 않았다. 하지만 작년에 중부 지구에서 꼴찌를 하였고 지금은 지구 3위를 달리고 있다.

3연패를 한다면 벤치 코치의 말대로 팀의 분위기가 좋지 않을 것이 뻔했다. 다시 작년처럼 나락으로 빠져들 수도 있다는 생각에 그의 의견을 받아들였다.

다행스럽게도 8번 타자가 8구 끝에 진루하면서 감독은 고민하기 시작했다. 6이닝 무실점으로 호투한 매튜 뉴먼를 빼자니 아깝고 그냥 밀고 나가자니 불안한 점이 많았다. 1타석을 그냥 날리는 것은 지금 득점 주자가 나가 있는 상황에서는 결정하기가 곤란했다. 결국 베일 카르도 감독은 대타를 쓰기로 결정했다.

제프가 나가자 베일 카르도 감독은 다시 삼열을 불렀다.

"왜 부르셨어요?"

"나 감독 맞지?"

"그런데요."

"제미 컥 벤치 코치 구타 사건은 무마해 줄 터이니 네가 대타로 나가라."

"넹……?"

"이번에 제프가 나가서 이제 1번을 칠 타자가 별로 남아 있지 않아. 만약 제프가 병살타를 치지 않으면 준비하고 있어."

베일 카르도 감독은 한숨을 쉬면서 말했다. 삼열도 이번의 명령마저 거부하면 상황이 묘하게 꼬일 수 있다는 것을 생각하고는 입을 다물었다.

'뭐, 나가서 대충 하고 오면 되겠지.'

삼열은 고개를 끄덕이며 감독에게 그렇게 하겠다고 했다.

전 경기에서 히트 바이 어 피치드 볼을 맞은 투수를 대타로 보낼 정도로 컵스의 상황은 다급했다. 2연패에 빠지자 점점 작년과 비슷한 하락의 징조가 곳곳에서 보였기 때문이다.

이것이 시카고 컵스의 현주소였다. 제대로 하는 선수들은 빠져나가고 팀의 리빌딩은 늦어지는 관계로 좋은 선수의 영입이 어려워지고 있었다.

메이저리그에서 투수가 대타로 나오는 경우가 종종 있기는 하다. 특히나 투수임에도 타격 실력이 좋은 마이크 햄튼은 중요 경기에서 대타로 나오기도 했다. 하지만 투수가 대타로 서는 일이 결코 흔한 일은 아니다.

사실 베일 카르도 감독은 제미 컥 벤치 코치가 대타로 삼열을 언급했을 때 가능성이 있다고 생각했다. 물론 말도 안 되는 의견이라고 난색을 표하기는 했지만 가만히 생각해 보니 지금 상황에서 가장 적합한 선수가 삼열이었다.

삼열의 타격 실력이 꽤 훌륭하여 지금까지 홈런과 안타가 몇 개 있기는 해도 감독이 그를 타자로 쓰려고 하는 것은 득점을 노리기 위해서가 아니었다.

그는 삼열이 나가서 상대 투수의 혼을 쏙 빼줬으면 하는 바람이 있었다. 존 칸타나가 너무 잘 던지고 있으니 약을 좀 올려 마운드에서 그를 끌어내렸으면 하는 것이다.

타격 감각이 매우 좋은 삼열이 타석에 올라 칸타나를 마운드에서 끌어내릴 수만 있다면 중간 계투진이 약한 메츠를 상대하는 것은 어려운 일이 아니었다.

베일 카르도 감독이 이렇게까지 생각하게 된 것은 칸타나의 완투 능력 때문이었다.

체인지업이 엄청나게 뛰어난 칸타나를 컵스의 어린 선수들이 상대하기에는 아직 무리가 있었다. 베일 카르도 감독이 삼열에게 기대하는 것은 그의 타율이 0.269나 되기 때문이었다.

4번 타자 레리 핀처도 그에게 다가와서 잘해보라고 어깨를 두드려 주었다. 그가 보기에도 삼열은 타격에 소질이 있었다. 장타력만 갖춰진다면 타자로 전향도 고려해 볼 수 있을 정도였다.

그런데 워낙 투수로서의 재능이 뛰어나니 그런 말을 꺼내지는 못했다. 남들이 보는 삼열과 자신이 보는 삼열의 타격 실력은 이처럼 달랐다.

삼열은 대기 타석에서 배트를 휘두르다가 자신을 보고 웃는 로버트를 향해 감자를 과감하게 먹었다.

제프가 땅볼을 치자 1루 주자가 2루로 뛰었다. 상당히 주루 플레이를 잘한 덕에 병살을 모면하였다. 덕분에 땅볼이 진루타가 되었다. 2루에서 존 레이가 웃으며 삼열에게 손을 흔들었다.

"젠장, 뭐 대충 하면 되겠지?"

가벼운 마음으로 타석에 들어섰으나 그는 자신을 비웃는 존 칸타나의 태도에 화가 났다.

'새끼가 꼬나보기는. 대충 하고 가려고 했더니 안 되겠군. 너 죽었어.'

팀의 승패에 별 관심이 없던 삼열은 배트를 짧게 잡고 칸타나를 노려보았다.

공이 빠른 속도로 날아와 포수의 미트에 꽂혔다.

퍽.

"스트라이크."

'하, 나를 물로 본다는 거지?'

삼열은 초구가 스트라이크 존의 한가운데로 와서 박히자 자존심이 상했다. 초구는 항상 지켜보기만 하는 그로서는 애초에 칠 생각이 없었다.

초구가 스트라이크 되면 타자의 심리는 초조하게 변하게 된다. 그리고 그때부터 투수는 정직한 공이 아니라 슬슬 유인구를 던지기 시작한다.

투수가 초구에 스트라이크를 잡느냐 못 잡느냐는 이래서 중요하다. 유리하게 경기를 운영할 수 있게 되기 때문이다.

반대로 투수에게 볼카운트가 불리하게 몰리게 되면 결국 던질 수 있는 것은 제구가 가장 잘되는 포심 패스트볼이다. 그리고 이런 직구는 아무리 강속구라 하더라도 타자가 예측한다면 가장 치기 쉬운 공이 된다.

볼카운트에 몰리면 투수가 얻어맞는 이유가 여기에 있다. 물론 다른 구종이 더 제구가 잘되면 그 공을 던지면 된다. 그러나 대부분의 투수들은 직구의 제구가 가장 잘되는 편이다. 왜냐하면 직구가 제대로 제구되지 않는 날은 경기 자체를 할 수 없게 되기 때문이다.

삼열은 스트라이크 존을 공 한 개 차이로 볼을 던지는 투수를 보고 피식 웃었다.

그는 일단 투 스트라이크가 되어야 배트를 휘두른다. 투수인 자신이 안타를 치기 위해 무리할 이유가 없기 때문이다. 게다가 그는 선구안이 매우 좋다.

칸타나의 공은 날카롭기는 했지만 유인구가 많았다. 컵스의 타자들도 그동안 초구에 스트라이크를 당하니 속수무책이었던 것이다. 투 스트라이크 투 볼이 되자 삼열은 스트라이크 비슷하게 들어오면 커트를 하기 시작했다.

"볼."

투 스트라이크 스리 볼이 되자 삼열은 회심의 미소를 지었다. 이제는 두 개 중 하나 꼴로 포심 패스트볼이 들어올 것이다.

칸타나는 절대로 투수인 자신을 진루시키려고 하지 않을 것이다. 그에게도 자존심이 있으니까 말이다. 그래서 삼열은 칸타나가 정면 승부할 것이라고 보았다.

존 칸타나는 기분이 나빴다.

상대 타자는 배트를 짧게 잡고 자신의 공을 톡톡 걷어내기만 했다. 안타를 치겠다는 자세가 절대 아니었다. 스즈키 이치로보다 배트의 각도가 아래쪽에 형성되어 있다. 번트를 대는 자세보다는 조금 위였다.

'젠장, 이거나 먹어라.'

칸타나는 힘껏 공을 던졌다.

그러자 삼열은 이전과 다르게 배트를 힘차게 휘둘렀다.

어느새 그의 자세는 정상의 타자와 다를 바 없었고 배트도 아랫부분을 잡아 맞으면 크게 넘어갈 수 있는 상황이었다. 하지만 칸타나는 이러한 삼열의 변화를 알아차리지 못했다.

딱.

공이 하늘 위로 날아가기 시작했다. 컵스의 더그아웃에서 선수들이 모두 벌떡 일어났다.

"뭐야, 홈런이잖아."

"와우, 죽인다."

삼열이 잘되면 배 아파하던 로버트도 두 손을 들고 기뻐했다. 존 칸타나는 허탈한 표정으로 누상을 돌고 있는 삼열을 바라보았다. 그러고는 마운드에 침을 틱 뱉었다.

더그아웃에서 베일 카르도 감독은 벌떡 일어나 두 손을 쥐고 위아래로 흔들며 좋아했다.

"예스! 예스!"

그의 옆에는 팀 닥터에게 치료를 받고 정신을 차린 제미 컥이 이마에 반창고를 붙이고 지켜보다가 덩달아 일어나 환호를 했다.

그러면서도 자신을 때린 놈을 축하해 줘야 하는 이 미묘한 상황에 얼굴을 붉혔다. 그런데도 기뻤다. 자기가 생각한 것이 옳았다는 것이 증명되는 순간이었다.

그는 이마를 손으로 문지르며 악동이 괜히 악동이 아니라는 것을 새삼 깨달았다. 자신이 보기에는 얌전한 것 같은데 선수들이 그에게는 한 수 양보해 주는 것을 보고 이상하다고 생각했었는데 정말로 자신이 모르는 것이 있었던 것이다.

"와아!"

관중석에서도 환호성이 터져 나왔다. 투수가 대타로 나와서 홈런을 쳤으니 신기하게 보였던 것이다. 물론 침울한 표정으로 침묵을 유지하는 뉴욕 메츠의 팬들도 있었지만 많은 사람들이 삼열을 격려했다. 그리고 그중 일부는 삼열을 향해 파워 업을 외쳤다.

뉴욕 메츠의 지역 방송 부스에서는 난리가 났다.

6회까지 완벽하게 타자를 막아내던 칸타나가 7회 들어서 주자를 진루시키고 대타로 나선 삼열에게 홈런을 맞았으니 말이다.

그들이 내린 결론은 칸타나의 방심이었다. 투수라고 얕잡아 보다가 홈런을 맞은 것이다.

반대로 시카고 컵스의 지역 방송인 원더풀 스카이는 삼열의 칭찬을 엄청나게 쏟아내고 있었다. 그도 그럴 것이 6회까지 팽팽했던 0점 행진을 삼열이 깨버린 것이다.

─어떻습니까? 삼열 선수의 타격 능력 말입니다.

─한마디로 엄청나네요. 물론 칸타나 선수가 방심해서 당한 것이긴 하겠지만 무슨 공이 올지 정확히 알고 있었어요. 그게 중요한 것이죠. 대단한 야구 감각이라고 할 수 있어요. 아, 그리고 보니 삼열 강 투수는 벌써 홈런이 두 개이지 않습

니까? 이러다가 홈런 타자들과 경쟁하는 것이 아닌지 모르겠습니다. 물론 농담입니다, 하하.

—그리고 보면 이 중요한 경기에 과감하게 삼열 강 선수를 기용한 베일 카르도 감독의 용병술이 탁월하네요. 쉽지 않은 선택이었을 텐데 말이죠. 물론 이전부터 삼열 강 선수의 타격 실력은 상당했지만 말입니다. 그러나 저러나 내일 삼열 강 선수의 선발 등판이 예고되어 있는데 괜찮을지 모르겠군요. 뭐, 아직 젊기는 하지만요.

삼열이 홈 베이스를 밟자 여기저기서 축하 세리머니가 펼쳐졌다. 이번 기회를 틈타 슬쩍슬쩍 은근한 구타를 했다.

"누구야?"

삼열이 아픈지 등을 문질렀지만 그의 목소리는 관중들의 함성에 묻혔다. 아파서 얼굴을 찡그리는 삼열을 보며 로버트와 짐 캐서가 회심의 미소를 지었다.

삼열이 더그아웃에 들어오자 라이언 호크가 축하를 해주고 나서 물었다.

"왜 제미 컥 코치를 이마로 박았어?"

삼열이 피식 웃으며 말했다.

"저 새끼들은 오직 승리를 위해서라면 무슨 짓이든 할 놈들이니까요. 내일 등판할 투수에게 타석에 나가라는 게 말이 안 되죠. 저놈들 말을 들어주다가는 금방 어깨 망가지고 나서 한탄을 할 것입니다. 내가 그때 왜 감독의 말을 들었나 하고 말이죠."

삼열이 너무나 신랄하게 말을 하자 라이언 호크가 동의한다는 듯이 열심히 고개를 끄덕였다. 그러자 삼열은 더욱 목소리를 높여 말하기 시작한다.

"아무리 존스타인 사장이 리빌딩에 신경을 쓰느라 팀의 승수에 연연하지 않는다 하더라도 감독과 코치진은 달라요. 존스타인이야 레드삭스를 두 번이나 월드 시리즈에서 우승시킨 업적이 있지만 저들은 그게 아니잖아요. 그러니 조금만 어렵다 하면 선수들을 가져다가 마구 쓸 거예요."

"그럼 지금까지 난리를 피운 것도 다 계산하에 한 거야?"

"그럼요. 징계를 받고 몇 경기 못 나가는 게 나아요. 혹사당하는 것보다는요. 이 시카고 컵스는 바보들이 모인 팀이에요. 케리 우드와 마크 프라이어 같은 천재 투수를 단지 자신들의 욕심 때문에 망쳐 버렸으니까요. 난 이곳에 오기 싫었어요. 바보들이 선수들을 지도하잖아요. 지금처럼요."

"하하하, 너 머리 좋구나."

"몰랐어요? 나 원래 천재인데."

"확실히 좀 좋은 것 같기는 하다."

컵스가 지금 연패를 거듭하고 있는 것은 선수들의 기량 부족도 있지만 코칭스태프의 전략 부재도 한몫했다. 베일 카르도 감독은 제미 컥 벤치 코치를 제대로 통제하지 못하고 있었다. 확실히 제미 컥은 유능한 코치이기는 하지만 전략적으로 볼 때는 그다지 뛰어나지 않았다.

배려심이 깊은 코치진이라면 지더라도 이전 경기에서 히트 바이 어 피치드 볼을 맞은 투수에게 대타를 나가라는 발상 자체를 못 했을 것이다. 그날 경기에서 삼열은 공에 맞아 무려 5분 동안이나 그라운드에서 일어나지 못했고 그래서 감독이 2일간 휴가를 주지 않았던가.

시카고 컵스에 내린 것은 염소의 저주가 아니라 승리에 대한 조급함의 저주였다.

5 : 0으로 지면서도 우리는 목표를 향해 확실히 나가고 있다고 말했던 거스 히딩크처럼 팀은 큰 그림 아래에서 체계적으로 움직여야 한다. 그런데 베일 카르도 감독이 흔들리고 있었다.

존스타인의 절대적인 신뢰를 받고 있는 그가 흔들리고 있는 것 자체가 웃기는 일이었다.

큰 그림을 그렸지만 작년의 처참한 성적에 그만 마음이 흔들린 것이다. 그리고 그를 보좌해 주는 벤치 코치가 그것을 조장하고 있다. 선수들은 변했지만 코치진은 조금도 변하지 않은 것이 컵스의 문제다.

"휴우… 힘들군, 메이저리그는."

"왜요?"

"왜겠어. 메이저리그는 경쟁의 꼭짓점에 있으니까 이 자리를 노리는 수많은 선수가 있지. 그래서 선수들은 감독의 말을 안 들을 수 없어. 그가 우리보다 연봉이 적다고 권력마저 작은 것은 아니니까."

"그렇긴 하죠. 하지만 야구는 인생이에요, 제게는."

"그게 무슨 말이지?"

"말 그대로예요. 누구도 내 삶을 마음대로 할 수 없어요. 내 삶의 일부를 파괴하려고 하는 것이니까요. 라이언도 알다시피 야구를 하다 보면 승리할 때도, 패할 때도 있죠? 언제나 승리를 할 수는 없고요. 그것을 자연스럽게 받아들이지 못하면 오늘처럼 무리한 작전을 내리게 돼요. 무서운 것은 이런 작전이 통하면 다음에 또 그것을 요구하게 된다는 거죠. 감독의 말을 듣고 무리를 하는 순간 야구 인생은 끝장나는 겁니다."

"너답지 않게 심오한 말을 한다."

"인간은 다 똑같아요. 자기에게 유리하면 좋아하고 불리하면 싫어하죠. 하지만 인생에서 항상 웃을 수만은 없어요."

삼열은 그 말을 하고 의자에 앉아 생각에 잠겼다.

루게릭병에 걸려 몸이 점점 굳어가던 그 순간, 그 절망의 시간에 삼열은 한여름의 뜨거운 운동장을 도는 야구 선수들을 한없이 바라보곤 했다. 몸이 정상이라면 저들처럼 뛸 수 있을 텐데 하고 말이다.

그렇기에 야구는 삼열에게 있어 삶 자체였다. 정상적인 생활을 할 수 있다는 자신감과 여유를 야구를 하면서 느낄 수 있었다.

인생을 살다 보면 기쁜 날도 있고 슬픈 날도 있게 마련이다. 슬퍼지지 않기 위해 노력을 해야 하지만, 편법을 통해 극복하려고 하면 부작용이 항상 따른다. 승리가 주는 달콤함에 빠져 버리면 제대로 자신을 살필 수 없게 된다.

감독은 경기를 책임지는 사람이지, 선수들의 인생을 책임지지는 않는다. 삼열은 이상영에게 그것을 배웠다.

승패에 너무 연연하지 말라는 것을. 승리는 과정이고 결과이지, 인생의 목적이 되어서는 안 된다고 말이다.

그가 20승 투수가 되기 위해 시즌 막바지에 엄청나게 무리를 했기에 그만큼 더 빨리 은퇴해야 했다는 말을 듣고 삼열은 절대로 무리하지 않기로 결심했었다.

삼열에게 홈런을 맞은 칸타나는 흔들리면서 2점을 더 내주고 결국 마운드에서 내려갔다. 어쨌든 베일 카르도 감독이 노린 것은 정확하게 이루어졌다.

바뀐 투수를 상대로 컵스는 1점을 더 뽑아 5 : 0으로 앞서

갔다.

7회 말에 삼열은 짐 캐서를 대신하여 우익수 자리에 섰다. 그리고 한 타자를 에밀리 투수가 막아내자 감독은 다른 후보 선수와 삼열을 교체해 주었다.

이 부분도 삼열은 마음에 들지 않았다.

감독이 자신의 전략적 성공을 방송과 사람들에게 이야기 하고 싶어 하는 것이라고 삼열은 생각했다. 그렇지 않다면 원 아웃에 교체할 것을 굳이 자신을 그라운드에 내보낼 이유가 없었다.

사실 구단의 리빌딩에 가장 중요한 것이 팀의 성적이기는 했다. 팀의 성적이 나쁘면 좋은 선수들이 트레이드를 거부하 기 때문에 리빌딩 작업이 늦어진다. 아마도 베일 카르도 감독 이 초조해 하는 이유도 그것일 것이다.

그렇다 하더라도 삼열은 팀을 위해 자신을 희생할 마음이 하나도 없었다.

원하지도 않는 팀에 쫓기듯 왔다. 투수로 계약했으면 그것 만 잘해주면 된다.

메이저리그의 그 어떤 구단도 투수에게 타점을 요구하지는 않는다. 프로니까 돈 받은 만큼 자기 분야에서 잘하면 되는 것이다.

그래도 결과적으로 칸타나를 상대한 것은 삼열에게 많은

도움이 되었다.

정상급의 투수가 어떤 공을 던지는지 타석에서 확실하게 느꼈으니 말이다. 삼열은 4선발이라 맞상대한 투수들이 그다지 뛰어난 편은 아니었다.

그러나 확실히 칸타나는 다른 투수들보다 날카롭고 예리한 맛이 있었다. 칸타나가 방심하지 않았다면, 그리고 삼열이 선구안이 굉장히 좋고 투구의 메커니즘을 알고 있지 않았다면 감독의 전략은 실패로 끝났을 것이다.

그는 투수의 공을 커트할 때면 배트를 수평에 가깝게 내리고 거의 손목의 힘으로 쳐내곤 했다. 그렇게 하자 더 오래 공을 볼 수 있었고 정확하게 타격할 수 있게 되었다.

루크 애플링처럼 천재적인 감각은 없지만 연습을 통해 어떻게 하면 투구 수 테러를 할 수 있게 되는지 그 원리를 알게 된 것이다.

메이저리그에서 이치로가 성공할 수 있었던 이유 중의 하나도 그의 타격 자세에 있다.

그는 가능한 한 오래 공을 보기 위해 수평적인 타격을 유지하곤 했다. 그렇게 되면 장타가 나올 확률은 줄어들지만, 발이 빠른 이치로는 내야 안타로 1루에 진출하곤 했다.

8회에 컵스는 2점을 내주었지만 마무리 투수 시세 마몰이 나와 승리를 지켰다. 팀은 승리에 기뻐 자축하였지만 삼열은 뒷맛이 좋지 않았다.

강요당해서 어쩔 수 없이 했다는 것이 그의 마음을 불편하게 했다. 하지만 매튜 뉴먼이 와서 고맙다고 하자 그의 마음도 풀어졌다.

"헤이, 삼열. 고마워. 정말 고마워. 내가 칸타나와 겨뤄서 이겼어, 하하하."

"좋기도 하겠다."

"그럼, 좋고말고."

좋아하는 매튜 뉴먼을 보며 삼열도 미소를 지었다. 삼열은 감독에게 일찍 들어가서 쉬고 싶다고 이야기를 하고 허락을 받아 먼저 호텔로 돌아왔다.

베일 카르도 감독은 삼열과 인터뷰를 같이 했으면 했지만 내일 시합을 준비해야 하는 그의 처지를 아는지라 허락할 수밖에 없었다.

삼열이 호텔에 돌아와 TV를 켜니 뉴스 중간에 자신이 칸타나를 상대로 홈런을 치는 모습이 나왔다.

"투수가 대타로 나와 홈런을 치니 신기한가 보군."

삼열은 약간 들뜬 앵커의 하이톤의 목소리에서 그것을 느꼈다.

"젠장, 재주는 곰이 부리고 돈은 짱깨가 번다더니."

앵커조차 삼열의 수훈보다는 감독의 용병술을 많이 칭찬하였다. 하긴, 투수를 그 순간에 내보낼 생각을 평범한 감독은 하지 못할 것이다.

물론 대타인 아일 로드가 아프지 않았다면 그런 생각도 하지 못했을 것이다. 하지만 이번에 성공했으니 더 큰 유혹을 받게 된다는 것이 문제였다.

'그래서 대충 하려고 했었는데. 그 칸타나가 나를 우습게만 보지 않았다면 말이야. 한 번의 경기에 이기고 지는 게 중요한 게 아니야. 룰이 깨지는 게 더 위험한 것이지. 사람들은 이것을 몰라.'

그래도 어쨌든 그 덕에 징계를 면했으니 그것만으로도 안심이었다.

사실 이마로 제미 컥의 머리를 박으면서 몇 경기는 출전하지 못할 것으로 생각했다. 하지만 감독이 눈을 감아준다고 하니 문제는 없다.

사실 감독도 문제를 크게 키울 수는 없었을 것이다. 선수의 출전 여부야 감독의 고유한 권한이지만 내일 선발 등판이 예정된 투수를 강제로 내보내려 했다고 하면 사회적인 파장도 적지 않을 것이기 때문에 징계를 크게 할 수도 없는 상황이었다.

삼열은 샤워한 후 다시 미지근한 물로 목욕하고는 일찍 잠자리에 들었다.

눈을 감자 오늘 있었던 사건들이 영화의 한 장면처럼 흘러
갔다. 그리고 깊은 잠에 빠졌다.

삼열은 아침 일찍 일어나 운동을 하고 구단의 연습 장소로
가서 합류하였다. 분위기가 매우 밝고 좋았다. 침체되고 있던
컵스가 다시 살아나고 있었다.

이런 것을 위해 감독이 무리수를 두었나 싶었다. 한편 이해
가 되기도 하였지만 더 이상 용인하고 싶지는 않았다. 누군가
의 희생을 통해 팀이 산다면 그 팀은 더 깊은 어둠 속으로 빠
지는 것이다.

삼열은 팀 동료들과 가볍게 인사를 나누고 스티브 칼스버
그 포수와 함께 공을 맞춰보았다.

어제 일찍 자서인지 몸 상태는 아주 좋았다. 공이 원하는
곳으로 들어가 박혔다.

'방심만 하지 않으면 되겠군.'

엄청나게 연습을 해서인지 투구 밸런스는 항상 일정하게 유
지되고 있었다. 따라서 공의 궤적도, 딜리버리도 괜찮았다. 오
늘은 R. 디메인이 나오는 날이다.

삼열도 디메인의 공이 어떤 것인지 보고 싶었다. 그는 팀 웨
이크필드가 은퇴한 이후 메이저리그에서 너클볼을 던지는 유
일한 투수가 되었다.

'발라주겠어. 너클볼이든 뭐든.'

삼열은 3루에 있는 어린이들을 보며 미소를 지었다.

간간이 파워 업 소리가 그의 귓가에 들려왔다. 기분 좋은 날이다.

『MLB—메이저리그』 6권에 계속…

초대형 24시 만화방

신간 100%, 샤워실, 흡연실, 수면실(침대석), 커플석, 세탁기 완비

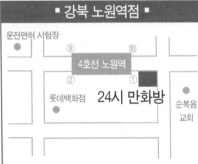

■ 강북 노원역점 ■

서울 노원구 상계동 340-6 노원역 1번 출구 앞 3층
02) 951-8324 (화용빌딩 3층)

■ 일산 정발산역점 ■

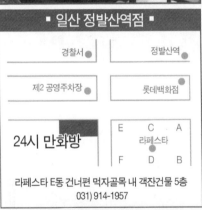

라페스타 E동 건너편 먹자골목 내 객잔건물 5층
031) 914-1957

■ 일산 화정역점 ■

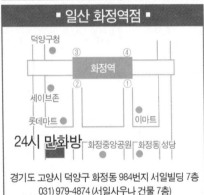

경기도 고양시 덕양구 화정동 984번지 서일빌딩 7층
031) 979-4874 (서일사우나 건물 7층)

■ 부천 역곡역점 ■

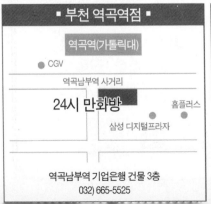

역곡남부역 기업은행 건물 3층
032) 665-5525

■ 부평역점 ■

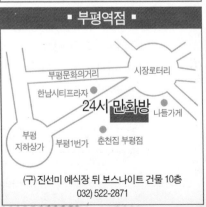

(구) 진선미 예식장 뒤 보스나이트 건물 10층
032) 522-2871

월야환담

채월야 · 홍정훈 장편 소설

내일을 향해 쏴라

김형석 장편 소설

FUSION FANTASTIC STORY

1만 시간의 법칙!
'성공은 1만 시간의 노력이 만든다' 는 뜻이다.

그러나…
사회복지학과 복학생 수.
전공 실습으로 나간 호스피스 병동에서
미지와 조우하다.

1만 시간의 법칙?
아니, 1분의 법칙!

전무후무한 능력이 수에게 강림하다!
맨주먹 하나로 시작한 수의
인생역전이 시작된다!

Book Publishing CHUNGEORAM

유행이 아닌 자유추구 -
WWW.chungeoram.com

현대 소환술사

THE MODERN SUMMONER

FUSION FANTASTIC STORY

현윤 퓨전 판타지 소설

하늘이 무너져도 솟아날 구멍은 있다!

드래곤의 실험으로 모진 고난을 겪어야 했던 레비로스!
우여곡절 끝에 소환술사가 되어 최강의 자리에 오르지만
운명은 그를 나락으로 떨어뜨린다.

『현대 소환술사』

다시 한 번 주어진 삶!
그러나 그마저도 암울하기 그지없는데……

소환술사 레비로스의
인생 역전이 시작된다!

Book Publishing CHUNGEORAM

유행이 아닌 자유추구
WWW.chungeoram.com

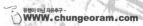

FUSION FANTASTIC STORY

인기영 장편소설

리턴 레이드 헌터

Return Raid Hunter

하늘에 출현한 거대한 여인의 형상……
그것은 멸망의 전조였다.

『리턴 레이드 헌터』

창공을 메운 초거대 외계인들과
세상의 초인들이 격돌하는 그 순간.
인류의 패배와 함께 11년 전으로 회귀한 전율!

과연 그는, 세계의 멸망을 막을 수 있을 것인가.

**세계 멸망을 향한 카운트다운 속에서 피어나는
그의 전율스러운 이야기!**

Book Publishing CHUNGEORAM

유행이 아닌 자유추구 -
WWW.chungeoram.com